Uvas do Tamanho de Dedos
e outras histórias

Rodrigo Acras

Uvas do Tamanho de Dedos
e outras histórias

Rodrigo Acras

Curitiba
2013

Capa: Rafael Silveira
Revisão: Rodrigo Jardim

A187u   Acras, Rodrigo
        Uvas do tamanho de dedos e outras histórias / Rodrigo Acras.
     Curitiba : Arte & Letra, 2013.
     128 p.

     ISBN 978-85-60499-40-3

     1. Literatura brasileira. 2. Contos. I. Título.

                            CDD 869.3

Arte e Letra Editora
Al. Pres. Taunay, 130B
Centro - Curitiba - PR - Brasil - CEP: 80420-180
Fone: (41) 3223-5302
www.arteeletra.com.br - contato@arteeletra.com.br

Prefácio 11

As imaginadas

Osaka e o Trem-Bala 17
Canecas 19
A encomenda 21
Uma Carreira Brilhante 23
Jordão 25
A Guerra de Carlão 27
Martinha na Chuva ou O Gringo da Testa Cortada 29
Novos Conhecidos 33
Rodolfo e a Estátua no Paraíso 35
Até que a morte... 37
Crochê e Dominó 39
Todas as Minorias 41
Passeio 43
Valda 45
Knocking on Heaven's Door 47
Masbaha 49
Grande Dia 51
Muito Pior 53
O Telefone Tocou 55
De Uma Hora Para Outra 57

As observadas

Coxinha 61
Grandes Questionamentos 63
Eternidade? Tô fora! 65
O Velho e o Mar 67
Todo Mundo Escutou 69
Dionatan 71

As vividas

Pistou 75
Enfim, o Sol 79
O Manda-Chuva 83
A Confusão entre o Brabo e o Chato 85
O Preço da Liberdade 87
Seu Dudu e Seu Cominho 91
Mulheres-Modelo 95
As Semanas, os Meses, os Anos 97
Veranico de Maio 99
Feiosa 101
Seagazer 105
Despertadores 107

As que Explicam as Outras

Os Beatles e o Stones 111
Então Junte! 113
O Ministro do Planejamento 115
O Rei do Networking 117
Um Momento de Triunfo 119
Uvas do Tamanho de Dedos 121
Amiga Com um Plus a Mais Adicional 123
O Primeiro Cacho de Bananas 125

Este é para a Tati, o Matt e o Gabi, o trio
que faz tudo parecer muito fácil.

Agradecimentos

Agradeço aos meus queridos pais (Salim e Nildete), irmãos (Rafa e Rica) e afilhada querida Júlia, pelo apoio de sempre e por terem criado o pano de fundo de muitas das histórias deste livro.

Agradeço ao meu amigo Fabian (o irmão mais velho que eu não tive) pelo encorajamento desde os primeiros esboços de texto e principalmente por ter sido o ponto de convergência de todos os participantes deste projeto.

Outro agradecimento vai à minha sogra/amiga/leitora mais assídua, pelos vários comentários sempre muito encorajadores no blog.

E também um grande obrigado a todos os que viabilizaram o projeto, ao pessoal do Erasto Gaertner, ao pessoal da Maxi Gráfica (que cedeu gentilmente a impressão do livro), ao Tulio da Blu Comunicação (que conduziu o projeto de promoção do livro), ao Rafael Silveira (que ilustrou o livro), ao Thiago Tizzot (da Editora Arte & Letra), ao Toninho Vaz e ao Rodrigo Jardim (que revisou o texto).

Prefácio

Sou filho de médico, o que significa que cresci no meio deles. Aprendi a chamar aqueles seres de jaleco branco e estetoscópio dependurado em volta do pescoço de tio. Quando visitava o hospital com meu pai, achava que estava em uma reunião de família gigante. Aprendi também a admirá-los profundamente. Era então de se esperar que na hora de escolher meu curso de faculdade, eu seguisse o caminho do velho. Não segui. Na verdade, apesar da admiração, eu tinha (e continuo tendo) verdadeiro pavor de hospital, de médicos e de qualquer assunto relacionado.

Não sei quando esse pavor começou, mas lembro nitidamente de um episódio que pode muito bem ter ajudado. Eu tinha, sei lá, uns oito ou nove anos de idade, e estava brincando com meus irmãos na grama. No meio da correria senti uma fisgada leve na planta do pé. Eu calçava tênis e tirei-o para verificar. Um pequeno prego atravessara a sola de borracha do meu Bamba e mal encostara na sola do meu pé. Foi o suficiente para eu me desesperar. Apesar da pouca idade, já sabia o que era tétano e subi voando para o apartamento onde morávamos. Entrei no escritório do velho, peguei o grosso volume do Manual Merck de Medicina, que não sei se é um manual respeitável ou não, mas deve ser, pois continha todas as doenças descritas. Fui direto à letra T e lá estavam todos os detalhes da terrível doença que me acometera. Faziam exatos 12 minutos do incidente com o prego e enquanto lia os sintomas descritos no manual, os sentia, um a um, na sequência em que os lia. Talvez tenha sido o caso mais rápido de somatização da história. Dificuldade de engolir, irritabilidade, endurecimento do pescoço, dos braços e das pernas e dor de cabeça, estava tudo lá. Liguei desesperado para meu pai, aos prantos, contando da má sorte que eu tivera e me despedindo, já sabendo do meu fatal destino. Ele chegou em casa em uns 47 segundos e examinou meu pé. Não demorou em me levar a um colega para uma consulta, digamos, para ver se minha loucura tinha salvação. Não sei se teve salvação ou não, mas eu continuo por aqui.

Muita coisa aconteceu depois daquele dia. Eu me formei em engenharia, o que me manteve longe dos hospitais. Fiz amizades importantes e que duram até hoje. Tive uma banda de rock. Construí uma carreira. Casei (com uma filha de médico, quem diria, um dos que eu chamava de tio), e tivemos dois filhos lindos. E agora estou aqui, falando do livro que está em suas mãos.

A primeira coisa que você precisa saber sobre este livro é que ele foi escrito ao longo de mais de cinco anos, como um hobby. Em 2006 descobri que gostava de escrever e comecei a me arriscar. Montei um blog chamado Confusão e comecei a publicar minhas pequenas histórias. As que eu mais gosto estão aqui. Eu dizia que não tinha quase nada de inédito no que eu escrevia, a maior parte já acontecera na minha vida. É verdade. O blog virou um sucesso de público, com 11 seguidores, entre eles minha esposa, meu pai, meus irmãos, minha sogra, meu cunhado, alguns amigos e duas pessoas das quais eu nunca ouvi falar. Se quiser visitar, passa lá no www.rodrigoacras.blogspot.com

Outra coisa importante de se saber é o motivo de lançar um livro para ajudar um hospital dedicado ao combate ao câncer. Simples, qualquer entidade de profissionais que se dedique a esta causa merece ser ajudada. Ponto. Mas tem outro motivo, não tão simples. Minha vida foi sempre cercada de histórias relacionadas a esta doença. No dia do show do AC/DC na Pedreira Paulo Leminski, aqui em Curitiba, descobri que minha priminha falecera (ou finalmente descansara) depois de anos de luta contra a doença. Ela praticamente nasceu com a doença e lutou bravamente por anos, até que não resistiu mais. Lembro-me olhando o ingresso do show no qual não iria e pensando em como aquilo era injusto – não o fato de eu perder o show, que esteja claro, mas o de uma criança tão doce e bem-humorada, sem um pingo de maldade na alma, perder a vida daquela maneira sofrida. Era outubro de 1996.

Pouco antes disso, em 1995, depois de ter escrito e ensaiado algumas músicas com nossa recém-formada banda de rock, alguns amigos e eu entrávamos pela primeira vez em um estúdio de gravação profissional (tá bom, semiprofissional). O objetivo era registrar nosso punk rock adolescente em fitas K7 para divulgar a banda. Na época essas fitas chamavam-se fitas demo, de demonstração, mas minha família começou a desconfiar que fosse coisa do capeta. No primeiro dia de gravações, pouco antes de sair de casa para o estúdio, meus pais me contaram que minha madrinha fora diagnosticada com câncer de mama. Ela tem vencido suas batalhas contra a doença desde então, mas aquela notícia me deixou profundamente abalado e com certeza influenciou meu comportamento no estúdio que, segundo relatos e filmagens, foi de lascar, para dizer o mínimo.

Em 2000 foi a vez do tio Carlos. Ele morreu de um câncer fulminante, que provavelmente começou no estômago e se espalhou pelo corpo, até o cérebro. Eu o considerava meu segundo pai. Ele também era engenheiro, dava aulas na Universidade Federal, tinha uma empresa de projetos de instalações elétricas e foi meu primeiro empregador e mentor. Eu estava na França quando ele morreu, visitando uns amigos franceses e ficando noivo da minha querida.

Assim é a vida, não é mesmo? Momentos bons e não tão bons, geralmente juntos, que é para não se acostumar demais com uns, nem sofrer demais com outros. E a minha não teria porque ser diferente. São essas histórias, as boas e as não tão boas, a matéria-prima do que está nesse livro. Não são histórias diretamente relacionadas a hospitais, a médicos, ao câncer, ou aos meus parentes (apesar do tio Carlos aparecer por aqui em

"O Rei do Networking"). São apenas coisas que vivi, coisas que observei e algumas coisas que vieram sei lá de onde, mas que de uma maneira ou de outra foram fortemente influenciadas por isso tudo. Não se escapa de quem se é.

Espero sinceramente que você se divirta lendo essas histórias, assim como eu tenho me divertido escrevendo-as. Como todo o lucro desse livro será encaminhado para o Hospital Erasto Gaertner, uma referência no tratamento e combate ao câncer, também espero que você se sinta orgulhoso de tê-lo adquirido, pois você definitivamente tem do que se orgulhar. Meu muito obrigado.

Agora, enquanto você lê, me dê licença que vou ali consultar o Manual Merck. Estou com uma sensação esquisita no estômago. Deve ser fome, mas não custa dar uma olhada.

Rodrigo Nastás Acras
Março de 2013

As Imaginadas

Osaka e o Trem-Bala

O gongo bateu na lateral da locomotiva e nenhum passageiro arriscou um piu. Estavam todos excitados e apreensivos ao mesmo tempo. Todos tinham na cabeça apenas as palavras dangan ressha, o trem-bala. Tóquio não estava em seus melhores dias, o céu nublado e o ar pesado indicavam chuva, o que aumentava a apreensão.

Dentre alguns convidados para o passeio inaugural estava o senhor Osaka, acompanhado de sua esposa Yasu. Ao contrário dos outros passageiros, o senhor Osaka não estava apreensivo com a viagem, estava de saco cheio com mais este compromisso político. Faltavam apenas dez dias para a abertura das Olimpíadas e ele, um dos principais organizadores do evento, ainda tinha muito trabalho pela frente. Estamos no dia primeiro de outubro de 1964, dia do aniversário de Yasu. Ela não quis nenhum presente, não quis jantar fora, seu único pedido foi que seu marido aceitasse o convite para a inauguração. Ele nunca deixaria de atender a um pedido de Yasu, que era calma só no nome, e dava um baile em Osaka.

Estava tudo arrumado segundo a tradição. As bandeirinhas, as velas, as gueixas e o gongo, tudo em seu lugar. Quando um homem do tamanho de um lutador de sumô e com cara de quem comeu domburi estragado bateu o gongo pela terceira vez, o trem partiu.

A apreensão dos convidados transformou-se em emoção e, eventualmente, em embrulho no estômago. Yasu dava gritinhos de alegria e não reparou que a indiferença de seu marido subitamente havia se transformado em pavor. Não era a velocidade do trem-bala que o assustava. Osaka havia reconhecido dentre os passageiros uma figura que há tempos fingia ter esquecido. O que Kobe estaria fazendo ali? Quem o teria convidado? Osaka achava que nunca mais veria seu odiado irmão. Nascidos no mesmo dia, da mesma mãe, eram o que normalmente se chama de irmãos gêmeos, exceto pelo fato de que não se pareciam em nada um com o outro, física ou espiritualmente. Tendo que esconder o espanto e restabelecer a calma, Osaka perguntou, "Kobe, quanto tempo?" Também surpreso com o encontro, Kobe respondeu, "Osaka san, realmente faz muito tempo, não é?"

- Você pode dispensar as formalidades Kobe, somos irmãos, me chame simplesmente de Osaka.

- Você é quem manda irmão! Fiquei sabendo que está no comitê organizador dos Jogos Olímpicos. Meus parabéns!

- Obrigado! E você, o que anda fazendo desde que...

- Desde que o quê irmão?

- Você sabe muito bem!

- Desde aquele dia tenho apenas me arrependido do que fiz, mas ainda não terminei.

- Ainda não terminou?

- Sim, de me arrepender. Mas estou quase, tudo depende de hoje. Estou aqui para pedir perdão Osaka, você acha que pode me perdoar?

- Você é realmente muito estranho Kobe. Acha que pode aparecer assim, do nada, e espera que eu esqueça de tudo?

- Não espero que você esqueça irmão, apenas me perdoe!

- Não posso Kobe. Não ainda.

Osaka acordou de um susto quando Yasu perguntou com quem estava falando. "Com ninguém Yasu, com ninguém!".

Yasu soltava seu vigésimo gritinho, quando o trem parou em Shimonoseki, o destino final. Cada passageiro deveria voltar para Tóquio por conta própria, não existia o termo round trip em japonês. Osaka ficou puto.

Canecas

Em casa, Marco e Lili não têm condições de receber mais do que meia dúzia de pessoas para um jantar. Faltam talheres, pratos e, principalmente, lugares à mesa. Entretanto, se um número absurdamente grande de amigos e parentes resolverem aparecer ao mesmo tempo para tomar uma boa caneca de café, eles têm canecas para todos. Já improvisaram um pendurador de metal para suas canecas, mas tanto este quanto os armários continuam enchendo.

Eles as têm de todos os tipos: as de viagens, as com mensagens de amor, as engraçadinhas, as de propaganda; tem até uma na qual se pode escrever recadinhos com uma caneta especial. Elas não param de chegar, é como se fossem programadas para acabar na casa do casal. Marco às vezes desconfia que no silêncio da noite, com a insônia causada pela cafeína, elas se reproduzam. Safadas estas canecas.

Marco e Lili têm problemas também quando alguém viaja. Como já criaram a fama de colecionadores, a cada vez que um conhecido escapa de férias ou a trabalho, uma ou mais lhes são dadas como lembrança da viagem que não fizeram. Outro dia Lili ganhou dos irmãos de Marco uma tamanho família, da loja da Starbucks do Cairo. É a terceira ou quarta da famosa rede de cafés de Seattle que o casal adiciona à coleção. De bicho então eles têm várias. Porco, urso, cachorro; se encherem a banheira e as jogarem na água, dá para brincar de Arca de Noé.

Mas tem uma caneca que é a preferida de Marco. Ah, essa sim! Parece que o café fica melhor quando servido nessa pequena. É a preferida das canecas nas noites de reprodução canecal, não há dúvidas. Não é só a mais bonita, mas com certeza é também a mais gostosa. Baixinha, morena, nem magra-palito, nem gorda-balão, Made in Brazil (o que é raridade hoje em dia, com a invasão das chinesas) e com muitíssima personalidade. Faz um bom tempo que ela é parte da coleção de Marco e Lili, ou seja, já tem uma certa idade, o que confere a ela um ar de experiência que deixa o pobre Marco ainda mais gamado. É a única da coleção que tem o privilégio de não ir para a máquina de lavar louças, frágil que é. Não, esta é lavada à mão, e só por pessoas selecionadas.

Um dia uns amigos foram jantar na casa do estranho casal. No final do jantar, como de costume, Marco foi passar um café para todos. Um de seus amigos estava na cozinha com ele, esperando o café ficar pronto. Ele já tinha cuidadosamente separado as canecas para cada um, de acordo com a personalidade, para fazer graça. Por algum motivo, que até podemos imaginar, o amigo achou que combinava mais com a caneca-musa do que com a que o Marco havia separado para ele. Quando ele foi trocar as canecas, Marco pulou no seu pescoço e disse, "Essa não. Essa aí não!". Estranhamente o amigo entendeu na hora a reação de Marco, que com um sorriso aliviado e satisfeito completou, "um dia você acha a sua."

A Encomenda

Sem pensar três vezes, Jonas clicou o botão comprar. Não era pouco dinheiro para ele, mas valeria cada centavo. Como ele esperou por esse momento. A encomenda viria da Inglaterra e tinha o risco de parar na Receita. Demoraria semanas até chegar. Jonas era paciente.

Quarenta e sete dias depois, o pacote estava na portaria. Jonas perguntava todos os dias para o porteiro, desde o dia seguinte da compra. Desta vez, antes de desligar o carro na garagem do subsolo, o porteiro já vinha correndo com o pacote na mão. Jonas ficou tão feliz que tascou um beijo na bochecha gordurosa do velho. Arrependeu-se na hora.

Jonas preparou a mesa da sala, derramou um pouco de uísque em um copo de requeijão com três pedras de gelo e sentou-se em frente ao pacote. Encarou a encomenda por um longo tempo, enquanto bebia seu veneno. Sabia que aquele era o melhor momento, segundos antes de começar a luta contra o embrulho para recuperar lá de dentro seu objeto de desejo.

A caixa era pequena, mas como dizem, são nos menores frascos que se encontram as melhores essências. No caso de Jonas era falta de dinheiro mesmo. O vidro grande estava impraticável e ele acabou comprando o de 25 ml. Fez as contas umas quinze vezes e pesquisou sites de compras e leilões do mundo todo. Tinha este inglês vendendo pela metade do melhor preço que encontrara por aqui, já convertido da libra, que andava nas alturas. Desconfiou mas resolveu arriscar.

Grandes ansiedades e expectativas geralmente são seguidas por desfechos banais. Tomou banho e trocou de roupa. Espirrou o perfume falso no pescoço, nos pulsos, no peito e, sem ninguém ver, na região do zíper da calça jeans. Ajeitou o cabelo. Passou dez minutos procurando a chave do carro, que havia jogado para dentro de casa quando chegara com o pacote em mãos. Respirou fundo e foi.

Uma Carreira Brilhante

Apagou o cigarro de cravo no cinzeiro do corredor. Era coisa de moleque fumar cigarro de cravo. No corredor da empresa onde fazia estágio era no mínimo de mau gosto. Desceu as escadas para o andar térreo, onde ficava a maioria de seus colegas, que já o esperavam para o almoço. Odiava o almoço, estava acostumado com a comida da mãe. Também não gostava muito dos colegas, achava todos um saco. Tinha um futuro promissor. De poucos amigos e provavelmente infeliz, mas promissor.

Lá pelas tantas resolveu que sua opinião sobre a economia do país seria relevante. Despejou uma série de chavões, colecionados nos jornais e revistas que lia, e dos noticiários que assistia. A maioria de suas opiniões era contraditória, às vezes até preconceituosa e ultrapassada. Era sempre aplaudido, mais por medo do que por respeito. Sabiam que tinham seu futuro presidente diante de si. Para alguns era triste imaginar o seu destino, liderados por este homem.

O tempo passava, ele ia ganhando confiança e perdendo adeptos. Almoçava em sua mesa, pois tinha vergonha de sentarse só na cantina. Como previsto, foi crescendo na hierarquia e na arrogância. Andava cada vez mais bem vestido. Trocou os infantis e decididos cigarros de cravo pelos adultos e mal resolvidos charutos cubanos.

Estava muito próximo da presidência. Era odiado pela maioria e vivia agora isolado, como ficam os que têm grande poder. Passava muito tempo viajando, a trabalho. Sua missão era deixar os outros trabalharem. Sempre a cumpria, enquanto inventavam para ele uma nova desculpa para dele se livrarem por mais uma ou duas semanas. Feira no exterior, MBA em outra cidade, férias num fim de mundo, tudo pago pela empresa. O currículo de feitos crescia, o de conquistas minguava e o de resultados não existia. E a previsão ia se cumprindo.

Assumiu a presidência com pompa. Fez o mesmo discurso torto que fazia antigamente sobre a economia do país, só que um pouco mais atualizado e confuso. Foi aplaudido, na medida certa entre o desconforto, o cinismo e o entusiasmo. Este último para evitar constrangimentos. Ao seu lado, com um sorriso forçado e bem ensaiado, estava seu pai, que naquele momento entregava para ele a obra da sua vida.

Jordão

Se tem uma coisa que me incomoda são crianças-prodígio. Qualquer mirim que se atreva, ou seja forçado pelos pais, a fazer coisas típicas de adultos, me irrita profundamente. Se você lembra de um cantor francês chamado Jordi, sabe do que estou falando. Nenhuma criança deveria tentar cantar.

Imagine este cidadão vendo os vídeos que gravou quando era criança. Deve ter passado a adolescência trancado no quarto e hoje deve estar vivendo em algum lugar distante de sua terra natal, como por exemplo, o interior de São Paulo. Deve ter mudado seu nome para Jordão (mais uma questão de autoafirmação), e jura que apesar do sotaque, nasceu e viveu a vida toda no Brasil. Casou com uma baiana e faz acarajé todos os domingos na feira. Tem uma estranha fixação pela barraca de crepes e o nome de seu cachorro, Petit Chanteur, é pouco convencional na região onde mora. A baiana sonha em conhecer Paris, e está até fazendo uma caixinha para a viagem. Ele nunca explica por que, mas tenta convencê-la a mudar o destino de seus sonhos.

A maior ironia de todas é que o passatempo preferido da baiana é cantar no karaokê do bar do Zé. Na verdade o Zé é alemão, mas esta é outra história. Ela sempre insiste para que Jordão a acompanhe nos microfones do bar, mas ele prefere acompanhar Zé nos copos de cachaça. Pobre baiana, se soubesse como canta mal o seu marido. O filho deles já tem onze anos e adora escutar músicas antigas de cantores e cantoras franceses. Odeia as do pai.

A Guerra de Carlão

Mari, querida, a partir de hoje quero que você cozinhe o almoço todos os dias.

- Tudo bem meu anjo!

Carlão venceu a batalha.

- E vê se aprende a temperar o feijão como a minha mãe. Seu tempero é muito exagerado.

- Ok.

Carlão venceu a batalha.

- E quero sexo todos os dias.

- Tá bom. Se quiser posso trazer uma amiga de vez em quando para não ficar monótono.

Carlão venceu a batalha.

- Quarta-feira é dia de futebol, você sabe né? Quero salgadinho, cerveja gelada e que você pare com aquela história de fumódromo atrás da casinha do Bidu! Queremos fumar dentro de casa.

- Que salgadinho você prefere?

Carlão venceu a batalha.

- E também... Peraí. E também quero uma Harley com aquelas bolsas de couro nas laterais e guidão alto, tipo Easy Rider, e ...

- Tá, agora chega. Carlão! Acorda meu bem, você está sonhando em voz alta de novo e vai acordar o neném.

Carlão perdeu a guerra.

Martinha na Chuva ou
O Gringo da Testa Cortada

A não ser que a chuva parasse, Martinha ficaria em casa curtindo a sessão da tarde. Ela odeia a chuva, não porque molha, mas porque tolhe. Gosta de movimento, de ter as mãos livres, de entrar e sair, e na chuva não dá. O fato é que seu enclausuramento não durou meia hora. Era algum "Duro de Matar" que passava, se não estou enganado o segundo, e ela tinha acabado de se esticar no sofá quando o celular tocou. Seu irmão Arnaldo a chamava de emergência, havia se envolvido em um acidente de automóvel. Martinha pegou a jaqueta, a sombrinha de bolinhas que quase nunca usava e saiu correndo. Arnaldo era bem mais novo, e como não tinham mais os pais, Martinha cuidava dele.

Saiu reclamando, pisando forte nas poças d'água até chegar ao seu carro, que estava estacionado uma quadra para baixo. Não tinha garagem onde morava. Martinha tinha um Fiat Oggi, com o qual ensinara Arnaldo a dirigir. Entrou no carro e saiu cantando os pneus. Ou eu imaginei assim, pois não tenho certeza se o Oggi cantava os pneus, quanto menos na chuva. De qualquer forma, se não cantou os pneus, xingou o Arnaldo. Levou quinze minutos para chegar ao local, no cruzamento da Sete de Setembro com a Voluntários da Pátria.

Reproduzo o diálogo travado no encontro de Martinha com seu irmão, que representa o ocorrido muito melhor do que minhas palavras:

- Burro! Idiota! Sabe quanto vai custar para arrumar isso?

- Pô Martinha, você nem pergunta se estou bem?

- Claro que está, mas por pouco tempo, venha cá que eu vou te dar uns tapas!

- Calma mana, calma, não foi culpa minha.

- Não venha com essa história de mana pra cima de mim, como é que você fez isto?

- Já falei, não foi culpa minha, não sei como aconteceu.

- Como não sabe? Tá bêbado?

- Não, estava indo para a aula de TGA quando ele apareceu na minha frente.

- Ele quem?

- Aquele cara ali, um louco, parece até que estava perseguindo alguém.

Nessa hora Martinha já estava vermelha, bufando, quando deu um grito:

- Ei você, vem cá!

Um homem, careca, cara de polícia, com a testa cortada, sangrando um pouco, com sotaque americano forte veio até ela:

- Yeap. Posso ajuda-la?!?!? (repare a falta de acentos, o que prova que ele era americano)

- Ah meu Deus, era só o que me faltava, um gringo.

- Gringo? O que e isto?

- Esquece. Você está louco, dirigir desse jeito. Vai ter que pagar o carro do meu irmão, já vou avisando. E dê graças a Deus que não aconteceu nada.

- Nao se preocupe *darling*, vou pagar tudo o que for necessario! E antes que eu esquecer, eu nao estar louco.

- Tudo bem, então vamos ao que interessa. Deixe eu anotar seus dados, depois eu mando a conta.

- Ok, mas vamos logo com isso, eu estar com uma pressa dos diabos.

- Qual o telefone?

- Cinco *six nine* oito nove *nine* seis *eight*.

- E o nome?

- John McLane.

Martinha deu um pulo do sofá. Já era noite e a chuva tinha passado. Que maluquice, que sonho real. Ligou para o Arnaldo para saber como estava. Tudo bem, tinha saído da aula e ido para o bar com alguns amigos. Ela nem se atreveu a perguntar o nome dos amigos.

Novos Conhecidos

- Olá!
- Oi, eu te conheço?
- Não sei, por que pergunta?
- Porque você disse olá.
- É eu disse, então devo te conhecer, e você, me conhece?
- Acho que não, por que deveria?
- Porque você disse oi, que até onde eu sei é sinônimo de olá, e usando a sua lógica ...
- Já entendi.
- E seu nome?
- Você sabe meu nome, afinal, já nos conhecemos.
- É verdade. Aliás, você está mais linda do que nunca.
- Obrigada!
- Escuta, por que não saimos tomar um café qualquer dia desses?
- Acho que não teria problema algum, você me liga?
- Já entendi, como já nos conhecemos, eu já sei o seu telefone, certo?
- Exato!
- Então tá, até qualquer dia.
- Mas sabe de uma coisa, troquei de celular há poucos dias. Você quer anotar o número novo?

Rodolfo e a Estátua no Paraíso

Oito dias depois, sem avisar ninguém, Rodolfo foi embora daquele lugar imundo. Não aguentava mais o cheiro azedo de cerveja choca e de restos de comida espalhados pela casa. Preferia passar as férias de outro jeito, com ar fresco e quem sabe uma namorada nova. Pegou sua magrela e saiu pedalando em busca de um lugar para ficar, sem previsão de voltar para casa. Já estava na terceira praia vizinha quando encontrou uma pousada pequenina, com uma placa de madeira pendurada acima da porta de correr, e o nome: Paraíso.

Entrou e quis saber da diária, que dependia de uma série de coisas como o nome do hóspede, idade, profissão e tamanho das unhas. No caso dele o valor era acessível, de tal sorte que ficou. Passou vários dias circulando pelo vilarejo, curtindo o visual da praia e se apaixonando pela filha do dono da pousada, uma menina de uns vinte e poucos anos, com rosto queimado do sol e cabelos longos e ondulados até o meio das costas. Depois de tomar coragem e trocar umas palavras com a menina, Rodolfo descobriu que seu nome era Maria, e que ela não tinha namorado.

Rodolfo achava Maria tão bonita que merecia uma estátua. Mal sabia ele o que havia por trás daquele par de olhos castanhos e perdidos, que ele cada vez mais idolatrava. Não demorou para ele voltar para a cidade e começar a trocar correspondências com Maria. Demorou menos ainda para ela aceitar seu pedido de casamento.

Viveram por muitos anos tranquilos. Não quiseram ter filhos por um bom tempo, é o que ele conta, mas existia a dúvida se não o podiam. Rodolfo cresceu na carreira de escritor de novelas baratas e Maria dedicava-se a criar jardins alheios.

Quando a tristeza de Maria começou a aparecer de forma mais contundente, Rodolfo quis saber se era por não terem filhos. Maria dizia que não. Rodolfo quis então saber se o amor dela por ele estava se esvaindo. Mais uma vez não. O desespero começou a bater quando resolveram procurar ajuda. Informaram-se e foram até uma conceituada psicóloga da cidade, que diagnosticou depressão para o caso de Maria e começou a investigar as causas. Mais tarde, em reservado, a doutora alertaria Rodolfo quanto ao risco de suicídio. Seria prudente ficar de olho.

Rodolfo cuidou de Maria com uma dedicação fora do comum. Fez de tudo o que fosse possível, incluindo várias viagens ao redor do mundo. Neste meio tempo, Rodolfo começou a ganhar grande notoriedade como escritor, traduzido em várias línguas pelo mundo afora. O convite para virar estátua no Madame Tussauds lhe chegou em boa hora, enquanto fazia uma das viagens de promoção de seu último livro em Londres. Exigiu que sua amada esposa estivesse representada em cera ao lado dele. Estaria finalmente imortalizada. Aceitaram.

Com o passar do tempo Maria foi melhorando, redescobriu a alegria de viver e amava Rodolfo como nunca. Era o seu anjo da guarda, que por muita sorte conhecera anos atrás na Pousada Paraíso. Uma noite, depois de terem finalmente conseguido engravidar, relembrando o passado, Rodolfo quis saber por que diabos o pai dela precisava ver o tamanho das unhas do hóspede para definir o preço da diária. Ela não tinha a menor ideia.

Até que a morte...

Fui bom enquanto durei. Mais oito páginas e eu acabaria o livro que estava lendo, mas não deu tempo.

Ela é muito diferente de como a descrevem por aí. Parece muito com um taxista gordo e tagarela que vai te conduzir através da cidade. Só que desta vez não era através da cidade. Como fiquei com medo de que meu enjoo de andar no banco de trás tivesse passado comigo desta para melhor (ou de pior para esta, sei lá como é que falam por lá), sentei no banco da frente, ao lado da motorista. Sempre gostei de um bom papo com motoristas de táxi gordos e tagarelas, coisa que deixava minha esposa perplexa. E de saco cheio. Desta vez não foi diferente. E, acredite, a morte tem muita história para contar. Escutei pacientemente cada uma delas, fazendo todos os sons que indicassem interesse e compreensão. E as histórias duraram uma eternidade – sem gozação. Fiquei na dúvida se estava a caminho do inferno ou se já tinha chegado. Comecei a pensar se era possível morrer duas vezes. Se fosse, me jogaria pela janela, ali mesmo, nem que ainda estivéssemos pelas redondezas do purgatório. Aguentei firme.

Quando já havia perdido minhas esperanças de ter um minuto de sossego da falação de meu algoz desembestado, ela me olhou, com aqueles olhos esbugalhados, e perguntou sobre o livro que eu estava lendo antes dela me pegar para dar uma volta. Uma lufada de esperança me atingiu em cheio e comecei a contar. O tempo sempre voa quando você está contando algo. Aparentemente não para o taxista gordo e tagarela, nossa infame motorista. Quem diria, eu nem tinha acabado de explicar o primeiro capítulo e ela já estava procurando um retorno. No meio do segundo, já estava chegando na terra. Antes de começar um relato detalhado do terceiro capítulo, ela estava me largando em casa. Como toda tagarela, não tinha nenhuma paciência para escutar. Eu que lesse as últimas oito páginas e esperasse para morrer no turno de outra. Antipática.

Crochê e Dominó

Doutor Bragança acordou cedo naquele dia. Tinha desses nomes imperiais afetados, mas era pessoa simples e de boa lida. Era simples até para acordar. Sem estardalhaço, rolava para o lado da cama, calçava seus chinelos de couro velho e ia fazer o primeiro xixi do dia. Fazia muitos. Coisa da idade, que andava beirando os oitenta.

Conheceu Dona Genalva quando já não tinham mais os dentes próprios, no banco da praça. Ele jogava dominó na mesinha com seu companheiro de todos os dias, o Seu Armindo, enquanto ela mexia agitada as agulhinhas de crochê. Fazia muito tempo que estavam de flerte, parece que uns três ou quatro dias (muito tempo nessa idade é contado em dias), quando o distinto Doutor Bragança finalmente tomou coragem, caminhou lentamente até o banco onde estava a Dona Genalva, pediu licença para sentar-se a seu lado e iniciou um longo papo, que durou mais de ano. Casaram-se logo, pois não tinham tempo a perder. Iam todos os dias à praça e, quando ele cansava de jogar, gritava para a esposa, "Genalva, vem me buscar que eu estou cansado."

Dona Genalva era coisa de uns dez anos mais nova que o Doutor Bragança, mas tinha a saúde frágil. Sofria de um mal crônico dos pulmões, que não dava sossego para o marido. Ele mesmo não era especializado em pulmões, aliás, era de um tempo em que medicina era medicina e ponto, mas cuidava de Dona Genalva como nenhum outro médico seria capaz. Tristemente, a gravidade da doença da mulher era maior do que os conhecimentos da medicina à época, de sorte que ela faleceu em menos de dois anos do dia em que se conheceram. Doutor Bragança ficou inconformado, e passou dias sem aparecer para as batalhas de dominó contra o Seu Armindo.

Quando voltou, delirava que Dona Genalva ainda estava ali no banco da praça, com suas agulhinhas pulando para todos os lados e seu largo sorriso de dentes fabricados. Um dia, cansado de perder no dominó para seu amigo, no meio do terceiro jogo, Doutor Bragança soltou a plenos pulmões (os dele eram plenos) olhando para cima: "Genalva, vem me buscar que eu estou cansado".

Todas as Minorias

Com o tempo ela aprendeu que a melhor maneira de sentir que passava mais tempo em casa era deixar para arrumar a mala na última hora. Era exatamente o que estava fazendo quando começou a pensar em sua condição.

Havia passado sua infância e adolescência no Alabama das décadas de 60 e 70. Seu pai era reverendo em uma igreja presbiteriana e sua mãe professora de música. Desde cedo a ensinaram a enfrentar com classe os problemas da discriminação racial, o que não significa que sua vida tenha sido fácil. Não podia andar em determinadas ruas, nem frequentar a maioria dos estabelecimentos comerciais do centro de sua cidade. Apenas as chamadas *"colored facilities"* podiam ser frequentadas por afroamericanos naquele tempo, e seus pais a proibiam de se rebaixar às normas da época. Cursar um bom colégio, fazer aulas de música e ter acesso à cultura eram privilégios de poucos.

Foi tão longe em suas memórias que acabou exagerando na mala. Era uma viagem de ida e volta, não precisaria de tanta coisa. Fazia esta viagem pelo menos uma vez por mês, às vezes escondida, mas ainda não conseguira acostumar-se. A visão do sofrimento daquele povo a lembrava de sua infância, sentia a agonia de todas as minorias, mesmo quando, localmente, configurassem maioria. Este sentimento colocava sua história pessoal e suas convicções políticas em conflito, ela ainda não sabia direito como tinha chegado àquele ponto, não era conveniente pensar nisso.

Finalmente estava com a mala arrumada, o avião já estava pronto, a equipe também. Beijou a foto dos pais, tirada pouco antes de sua mãe falecer, ligou para escutar as últimas recomendações do presidente e partiu para a zona de conflito.

Passeio

Saíram os três para um passeio vespertino à beira-mar. Conheciam-se desde pequenos e tinham uma amizade daquelas que duram todo o verão. Foram longe conversando sobre os planos para o novo ano. Que cursos fariam, que amores esqueceriam e quanto dinheiro deixariam de guardar com as bebedeiras, as viagens e outras atividades de igual importância. Já iam longe e tinham resolvido quase todos os problemas do ano que começava quando Marcelo, o mais velho, falou de como sentia- se bem na companhia dos outros dois e levou uma vaia. Era permitido sentir-se bem, mas não se precisava falar sobre isso, era óbvio e estragava o momento. Marcelo sempre falava demais.

Rose era a mais nova. Marcelo e Carlos cuidavam dela como irmã, coisa que ela adorava, quase sempre. Era geniosa e de longe a mais inteligente dos três. Também a mais boêmia e promíscua, para desespero dos outros dois. Ficava com um cara diferente a cada noite, não antes de judiar bastante do pobre coitado e, é claro, de Marcelo e Carlos. Não era bonita, nem tinha corpão, mas era tão segura de si que deixava os homens loucos.

O papo evoluiu (ou involuiu) para a noitada do dia anterior. Carlos, que tinha uma necessidade desesperada e inconveniente de saber de tudo em detalhes, queria uma descrição completa das aventuras de Rose com o baixinho de olho puxado que ela havia agarrado no bar onde estavam. Carlos insistiu tanto que Rose, para provocar, resolveu contar. A chegada desastrada do japonesinho, o primeiro drink, os beijos na mesa do bar e os "um pouco mais que beijos" no corredor dos banheiros. Quando ela se preparava para contar em detalhes a trepada que deram no estacionamento, ele interrompeu aos gritos. "Chega Rose, agora chega."

Carlos ria nervoso. Escondia de Rose que a amava desde sempre, e achava que saber de todas as suas histórias era uma forma de estar no controle, de não ter o coração pisoteado de surpresa. Marcelo estava inquieto, mas não com a história que a amiga acabara de contar. Sabia do amor secreto e sofrido de Carlos por Rose. Infinitamente menor que o dele por Carlos.

Valda

Valda era moça doce à primeira vista, mas que com o tempo, quando se conhecia melhor, era ardida e grudenta. Pobre do homem que cedia aos seus encantos sem maiores cuidados. Foi o caso de Júlio, que começou a namorar Valda em agosto e a largou em setembro.

O caso se deu assim. Encontraram-se numa destas casas de shows, onde tocava uma banda de pagode iniciante, com nome engraçado e talento duvidoso. Júlio, como sempre, estava encostado no balcão, fazendo calo no cotovelo enquanto tomava seu quinto gim com soda. Valda dançava com as amigas, escondida na fumaça de gelo seco que saía do palco onde a "Jeito Malaco" - acho que era esse o nome - tocava sua quinta música, que parecia muito com a primeira, a segunda, e todas as outras. Valda era linda e estava bem vestida, um mulherão que Júlio não podia nem sonhar em ter. Mas quem disse que a lógica interfere no mundo dos sonhos. Júlio olhava para Valda como um cachorro olha para o frango que gira na padaria. E Valda girava, e girava, e a cabeça de Júlio também, um pouco pelo efeito dos cinco gins, muito pelo encanto da moça linda que continuava a girar. Quando viu que seus dois amigos, Jorjão e Felipe, já estavam arranjados com suas respectivas Valdas, tomou coragem e foi. Eram 23h37 do dia 31 de agosto.

- Nunca te vi por aqui, começou Júlio.
- Eu nunca estive aqui! - respondeu Valda animada.

- Gosta do "Jeito Malaco"? (ainda não tenho certeza se era esse o nome da banda).

- Não muito, mas estou realmente muito bêbada, nem ligo.

- Legal.

- O quê?

- O que, o quê?

- O que é legal?

- Ah, só falei por falar. Sou meio tímido.

- Ah.

Demorou cinco minutos para começarem a se agarrar ao som dos pagodeiros. Demorou mais cinco para Valda falar em namoro e deixar Júlio apavorado. Em menos de meia hora Júlio saía correndo do lugar, com Valda gritando atrás dele. "O que foi que eu fiz?

"Por que você não me ama mais? Quem é essa outra vagabunda?". Júlio não entendeu nada, e como já não era disso, nunca mais arriscou tirar o cotovelo do balcão.

Knocking on Heaven's Door

Morreu por culpa do cigarro. Foi para a cama bêbado com o cigarro aceso entre os dedos, e com o colchão em chamas bateu as botas, que no caso eram Nikes pretos.

Quando chegou no céu ainda não tinha se dado conta do que houvera. O porteiro, um anjo iniciante recém-promovido, aproveitou para tirar um sarrinho. Afinal, o povo do céu também tem senso de humor. Pegou uma ficha azul improvisada e perguntou:

- Nome e telefone, por favor.

- João Alceu. 3226-xxxx — (preservamos aqui a privacidade de João).

- Bem-vindo seu João! São 20 reais de consumação — e começou a revistar o recém-tostado.

- É sua primeira vez aqui na casa? — continuou o anfitrião.

- Hum... Para falar a verdade, nem sei onde estou, nem como vim parar aqui. Estou meio alto, sabe? — mal sabia ele o quão alto estava de fato.

- Não tem problema, vamos ter que fazer um cadastro rápido — riu sozinho, pois o conceito de velocidade no céu fica distorcido com a premissa da eternidade.

- Afinal, não estou vendo nenhuma placa por aqui, como é o nome desse lugar?

- HEAVEN! — esnobou o anjo engraçadão.

- Uau! E a mulherada? Tá bombando?

O anjo demorou a responder, lembrando do seu tempo de

encarnado e das várias garotas que tivera. Nunca mais brincou com os calouros. Tem coisa que não vale a pena correr o risco de lembrar.

Masbaha

Contava cada uma das 33 pedras do seu Masbaha pela décima vez para esquecer o que tinha acabado de passar. Não era religioso, muito menos muçulmano. Conhecia apenas um dos 99 nomes de Alá, justamente este, e usava o Masbaha apenas para aliviar as tensões do dia-a-dia e esquecer dos problemas, que naqueles tempos eram muitos.

Sua esposa, que o observava pela fresta da porta entreaberta do escritório, também tinha seus próprios problemas, mas o maior de todos é o que tinham em comum. Há tempos não podiam suportar a companhia um do outro. Ela fechou a porta com vagar extremo e se afastou, furtiva, como quem abandona um doente que acaba de adormecer à meia-noite.

Não tinham filhos e estavam juntos há tempo suficiente para se esquecerem do tempo em que estavam juntos. Eram como inimigos de guerra presos na mesma cela, que tiveram que aprender a se respeitar, pois a outra opção era fatal.

Ele passou mais umas duas horas apertando as pedras de Alá antes de ir para a cama. Entrou o mais quieto possível debaixo das cobertas, para evitar mais uma discussão inútil, e dormiu.

De manhã ela fez o mesmo, só que no caminho inverso. Saiu a mais quieta possível debaixo das cobertas, e foi trabalhar. Era a única coisa com a qual realmente se importava, atender os clientes de sua agência de turismo, que havia um bom tempo era a única fonte de renda do casal. De tempos em tempos partia como guia para uma viagem com algum grupo de turistas idosos. Foi numa dessas viagens, daquela vez para Damasco, que comprou o Masbaha que seu marido tanto gostava de contar, enquanto esperava a próxima viagem dela para ser feliz.

Quando ela chegou em casa no final do dia o procurou para anunciar seu próximo destino. Desta vez iria sozinha, sem nenhum grupo de velhinhos. Ele estremeceu.

Grande Dia

Porra pai, pra que me acordar?

- Eu não te acordei. Você acordou sozinho. A ninguém foi dado o poder de acordar pelo outro.

- Não começa velho. Você abriu as janelas e ficou assoviando o Hino à Bandeira. Deixa eu dormir, pelo amor de deus, que ainda é cedo.

- Você esqueceu que dia é hoje filho?

- Estou tentando.

- E tem outra, hoje você não escapa de cortar esse cabelo.

- Que história é essa? Não vou cortar cabelo nenhum.

- Aaaah, vai! Lembra aquela vez que chamei teu irmão e teu primo e te levamos à força? Quer repetir a dose?

- Pai, eu tinha dezesseis anos naquela época. Aliás, nunca vou perdoar aquilo. Estava finalmente conseguindo ter a cabeleira que eu queria.

- Aquele ninho de ratos? Nós te fizemos um favor.

- Tá bom, tá legal. De qualquer maneira, sinto falta daquele tempo.

- Nem me fale.

- Lembra que ficávamos falando sobre a vida todas as tardes de sábado?

- E se lembro.

- Como é que você aguentava um piá de dezesseis anos filosofando sobre a vida por horas a fio. Você devia me achar um ridículo.

- Ridículo é você pensar isso. Eu achava o máximo. Meu filho virando homem. Pensando por si mesmo. Um cabeça de vento, é claro.

- Ha, ha, engraçadão.

- Brincadeira. Escutar você me enchia de esperança. Pena que com o tempo a gente vai perdendo o brilho.

- Olha aí, agora é você quem está filosofando.

- Pois é, acho que quando a gente fica velho, as velhas manias voltam.

- Você não é velho.

- Claro que sou. E você acabou de me chamar de velho.

- Força de expressão.

- Sabe do que lembrei agora?

- Há.

- Da tua primeira vez em um show de rock.

- Ah não pai, esta história não.

- Você pulando como um louco, abraçado com os amigos. Que banda era aquela mesmo?

- Nem me lembro. Acho que era Barão, ou Titãs, sei lá. Algumas das grandes daquela época.

- Eu não entendia bem como você gostava daquele barulho...

- Ainda gosto.

- ... mas ficava feliz de te ver feliz.

- Pai.

- Quê?

- Vamos cortar o cabelo.

Muito Pior

Foi ao despontar do dia 09 de 09 de 09, um dia como outro qualquer, que Francis saiu de casa para trabalhar. Tinha que chegar cedo para resolver quatro ou cinco problemas que não resolveu ontem e que o impedirão de resolver os quatro ou cinco problemas de hoje, que ficarão para amanhã, quando terá que chegar cedo ao trabalho como todo dia. Estava pensando, desde o dia 08 de 08 de 08, a largar o emprego.

Chegou no escritório antes da tia do cafezinho, bateu a capa de chuva na parede e pendurou-a no cabideiro. Cumpriu o ritual de chegada e começou a ler as mensagens do correio eletrônico. Lá pela trigésima sétima mensagem, ainda muito antes dos ônibus despejarem as mais de mil pessoas que trabalhavam na sua unidade, escutou um ruído vindo do banheiro. Mais por preocupação do que por curiosidade, foi verificar. A cena foi tão chocante que passou o dia todo balbuciando para quem não quisesse ouvir: "Não posso. Não posso pensar na cena que visualizei e que é real."

As pessoas chegavam, ligavam suas máquinas, liam suas próprias mensagens atrasadas e o ignoravam. Ficou assim neste estado, balbuciando e sendo ignorado até o meio do dia, quando finalmente o colega da mesa ao lado resolveu perguntar: "que foi Francis, viu algum fantasma por acaso?"

Pior. Muito pior. Estavam trocando o toalheiro do banheiro por aquelas máquinas de secar as mãos. Agora era definitivo, pediria as contas hoje mesmo.

O Telefone Tocou

A lua, que aparecia pela metade, já ia alto no céu quando o telefone tocou. Ele sabia que não deveria ser nada, pois todos os que ele ama estavam ao alcance das suas mãos. Mesmo assim sua espinha gelou, reflexo de outros tempos. Atendeu por curiosidade e se arrependeu. Do outro lado, um silêncio não identificado, como todo silêncio. Desligou desconfiado e esperou o telefone tocar novamente. Não tocou.

Três dias depois, no mesmo horário, toca o telefone novamente. Tinha se esquecido de desligá-lo e, como curiosidade é seu ganha-pão, atendeu. Mais uma vez, o silêncio incômodo. Xingou e foi dormir. Sua mulher resmungou alguma coisa sem acordar.

Era professor e trabalhava em um laboratório da universidade. Nem ele sabia explicar direito o que estava pesquisando, mas era importante. Talvez para alguma outra geração. E tinha que ver com inteligência artificial e modelos matemáticos complicados, que só uma inteligência humana superior poderia criar. Não se preocupava com este paradoxo.

Já fazia nove dias do último telefonema quando, no mesmíssimo aborrecido horário, o telefone tocou novamente. Começou a ficar preocupado. Sua mulher também. Preocupada e desconfiada. Foi trabalhar no horário de sempre e comentou com os colegas, que basicamente ignoraram o comentário. Estavam muito ocupados testando suas hipóteses científicas que um dia, se Deus quiser, servirão para alguma coisa. Ué, quem foi que disse que cientista não pode acreditar em Deus?

Três ou quatro dias se passaram até que ele pudesse dormir relaxado novamente. Sempre desconfiado, mas agora relaxado. A vida corria bem, sua pesquisa avançava a passos largos, tinha tido até tempo de tirar uns dias no litoral com a patroa quando, vinte e sete dias exatos da última chamada madrugueira silenciosa, novamente o telefone tocou. Desta vez ele gritava com o aparelho, quem é você, o que quer de mim, fique longe da minha família seu desgraçado. Suava frio. Sua esposa estava começando a perder o controle. Chamou a polícia, que educadamente o ignorou. Sabia que o telefone não tocaria no dia seguinte, mas não sabia quando voltaria a atormentá-lo. Não conseguia desligar o aparelho durante a noite, pois como já falamos, curiosidade, que é seu ganha-pão, é também agora seu tormento.

Saiu mais tarde para o trabalho. Uns vinte dias já haviam passado da última ocorrência. Não dormia mais à noite, estava em um estado lastimável. Comia mal, tomava banho somente quando sua filha não queria mais chegar perto e os trabalhos de pesquisa não saíam do lugar.

Parou para tomar um café na padaria da esquina quando a ficha caiu. Três, nove, vinte e sete, os telefonemas vinham em progressão geométrica de três. Quando chegou ao laboratório encheu o Carlos de cascudos. Essas brincadeiras matemáticas já tinham passado do limite e além do mais, progressão geométrica é coisa de colégio.

De Uma Hora Para Outra

Antes que alguém pergunte, essa história não é inédita, ela realmente aconteceu. Apenas ninguém tinha tomado tempo para colocá-la em palavras, e é isso que vamos tentar fazer. Não foi assim, de uma hora para outra, que ele resolveu apagar suas memórias. Arquitetou tudo direitinho. Começou pelas fotos que mantinha dos tempos de escola e das antigas namoradas. Cancelou todas as suas contas em bancos, sítios eletrônicos e no bar do Joca. Deixou a barba crescer, o cabelo que restava também. Parou de andar no calçadão da Atlântica e de visitar os parentes. Só não conseguiu parar de fumar, mas este é um hábito que não define uma pessoa e portanto não estragaria seu plano de sumir aos poucos. Na verdade, como bem sabemos, poderia até acelerá-lo. Deu seus ternos para o porteiro antes de se mudar. Cortou as mangas das camisas e as calças à altura dos joelhos. Passaria o resto de seus dias lendo e relendo seus livros preferidos, escutando seus discos de música de elevador e bebendo água tônica com limão espremido. Não se pode afirmar que estava passando pela crise da meia-idade, pois não temos certeza que ele vai durar mais o mesmo tanto que durou até aqui.

Tinha tirado férias para colocar seu plano em prática e, por questão ética (e financeira), voltou ao escritório quando elas acabaram. Acertou a papelada e pegou o dinheiro a que tinha direito após quinze anos de trabalho duro. Iria precisar dele para sumir com dignidade. Quando seu chefe ofereceu um aumento generoso para que ele desistisse de ir embora, arrependeu-se de ter dado os ternos ao porteiro.

AS OBSERVADAS

Coxinha

Estava no café tomando limonada suíça e reparando o movimento. Era a primeira terça-feira do horário de verão, quase oito, e o sol insistia em ficar. O lugar estava cheio daquelas pessoas esquisitas que frequentam os cafés da moda, todas cuidadosamente fora de moda.

Na mesa do canto, três meninas, das de vestibular, falando de meninos. Do outro lado três rapazes de cabelos meticulosamente despenteados, falando de meninos. Senhoras chiques, que acham chique ficar em lugares cheios de gente esquisita falavam alto em seus i-Phones na mesa do outro canto.

Na rua passava gente de todo tipo. Cuidadores de carro, figurões de terno, estudantes que não estavam estudando, catadores de papel, mulheres bonitas, carros do ano, fuscas e cachorros, dos de rua e dos de madama, levando suas respectivas.

Além da limonada suíça, quis comer uma quiche. Não tinham. A moda agora é coxinha.

Grandes Questionamentos

Grandes questionamentos acerca da vida moderna de hoje-em-dia neste mundo globalizado onde a velocidade das mudanças alcança níveis nunca antes imagináveis, da exceção se faz a regra, se fuma menos e se corre mais.

Será que o carro elétrico será bivolt? Se não for, como é que eu vou fazer para ir à Santa Catarina? Já é difícil ter que carregar o transformador do secador de cabelos de minha mulher, imagina o do carro. Resta-me torcer pelo bom senso dos engenheiros, ou seja, tô lascado!

Quando um fotógrafo profissional entra em ação em festas de casamento e formaturas, geralmente tira mais de uma foto da mesma pose como garantia. Garantia de quê? Se tira a foto do povo na mesma posição, com a mesma luz e o mesmo fundo, qual a vantagem? Na era da fotografia em filme até dava para entender, mas com a tecnologia digital fica difícil. Se o cartão de memória pifar, dificilmente (para não dizer impossivelmente) alguma foto se salva.

Se manteiga fazia mal e margarina era a solução, como é que hoje é o contrário? Não sabiam antes ou queriam vender mais margarina? Veja bem, não estou reclamando, manteiga é bem, mas bem melhor. Aliás, neste tema de coisas que faziam mal e agora fazem bem e daqui a pouco farão mal novamente temos vários exemplos. Mas não vou ficar fazendo listas.

Hoje mandei um e-mail para meu vizinho de mesa no trabalho cobrando um prazo que tínhamos combinado. O cara ficou puto e disse "porra meu, eu tô aqui do teu lado, vira a cabeça e fala o que você tem pra falar". Respondeu por e-mail.

Falando em e-mail, recebo uns 40 por dia, a maioria de pessoas que querem resolver seus problemas sem tirar a buzanfa da cadeira. Gente moderna que tira duas fotos da mesma pose, que já está preocupada com o carro elétrico em Santa Catarina e não vive sem manteiga ou, dependendo da época, margarina. A maioria gente muito boa, mas que se preocupa demais.

Eternidade? Tô fora!

O homem, naquele sentido que engloba também as mulheres e crianças, tem a necessidade interessante de deixar um legado. Algo que dure mais do que ele. Pelo menos um pouco mais. Não sei se é nossa maneira desengonçada de tentar alcançar a eternidade, ou o desespero que bate quando não conseguimos lembrar o nome de nossos bisavós, mas está embutido em nosso software deixar marcas para que lembrem-se sempre de que um dia existimos.

É claro que para este propósito recebemos as ferramentas e a habilidade (nem todos) para fazer filhos, mas estes farão os seus e quando estes fizerem também os seus, estes últimos não terão a menor ideia de quem você foi. E não adianta espernear, mesmo porque o caixão é um tanto apertado e dificilmente alguém vai ouvir.

O segredo é construir algo digno de nota, que de fato transcenda as barreiras da família. Aparentemente, o grande público, esta entidade que ninguém sabe definir direito, é bem mais propenso a garantir tua eternidade do que aqueles bisnetos ingratos. Por isso, sugiro que comecem já a escrever seus livros, a pintar seus quadros, a bater seus recordes de comer o máximo possível de cachorros-quentes em 5 minutos, e assim por diante.

Do meu lado, vou ficar com o lance de fazer o filho, ou pelo menos continuar praticando. É bem mais divertido e eu não dou a mínima para essa história de eternidade.

O Velho e o Mar

Não se preocupe, esta não é uma análise enfadonha sobre o clássico de Hemingway. Mesmo porque eu não tenho condições de analisar clássicos.

É só que estou sentado na beira da praia, e tem um velho, e tem o mar. O velho, com todo um aparato de pesca montado e um chapéu de quem espera um sol daqueles, fala com as mãos para quem parece ser sua companheira. Vamos chamá-la de Lurdes. Ela se parece o suficiente com uma Lurdes. Peixe não se vê, mas quem foi que disse que pescaria tem a ver com peixes?

Me fez bem imaginar que o velho teve uma vida plena até aqui. Criou seus filhos com amor e dedicação, trabalhou com prazer no que gostava e tem a admiração da Dona Lurdes. Agora, depois de planejá-la por anos, veio curtir a aposentadoria à beira-mar, tentando pescar os peixes que o mar não quer lhe entregar. Ele parece achar graça no fato de que a vida foi bem mais generosa do que o mar está sendo.

Agora a Lurdinha (já somos íntimos a esta altura), que havia saído para uma breve caminhada, chega e lhe dá um beijo no rosto. Ele começa a pensar que vale mais a pena voltar com ela para casa e tomar o café da manhã. Neste exato momento, um peixe dos grandes namorava a isca presa ao anzol especial do velho, que ele comprou em uma das viagens de trabalho aos Estados Unidos. Antes que o escamoso animal abocanhasse sua refeição fatal, nosso personagem (não consegui imaginar nome bom para este bom velho) começou a recolher a linha. O peixe, que já não entende muito, ficou sem entender nada. O mar, menos ainda. Finalmente se entregaria ao merecedor amigo. Este, nosso já clássico personagem, não tinha dúvidas. Entre o mar, os peixes e as rabanadas da Lurdinha, ficava com as últimas sem pestanejar. E isso era todo dia.

Todo Mundo Escutou

Depois do ding-dong, surge a voz metálica nos alto-falantes do aeroporto:

- A Infraero informa! Senhores passageiros com qualquer destino...

- Os voos estão atrasados! Você já viu na tv, então não reclame!

- Colocaremos toda a culpa nas companhias aéreas, mas não acharão ninguém das mesmas por perto.

- Como medida de contenção, a cada seis horas de atraso mandaremos um representante magrinho e sem nenhuma informação ao seu portão de embarque. Pode bater para descarregar a raiva.

- Informamos também que em breve todas as lanchonetes serão fechadas e todos ficarão sem água.

- Adicionalmente informamos que os banheiros estão imundos e o pessoal da limpeza já se mandou. Segura mais um pouquinho e deixa para fazer no avião. Quem avisa amigo é.

A mesma voz metálica, poucos segundos depois, em algum idioma parecido com o inglês, aqui corrigido para melhor entendimento:

- *Dear passengers*:

- *Please come back home. What the f... are you doing here anyways? This is for you to learn. We don't need tourists. We don't need your money. We like being poor and miserable. Go to Europe, go to Tahiti, go somewhere else.*

E assim segue em espanhol, francês e outros idiomas. Todos da pior qualidade. Não estou inventando não. Quer dizer, não sei se foi bem o que disseram, mas foi o que todo mundo escutou.

Dionatan

Oi, meu nome é Dionatan. Minha mãe diz que tirou ele de um programa antigo de televisão. Deve ser do mesmo programa que ela tirou o nome da minha irmã, Dieniffer. Vai saber, minha mãe não é muito normal. Eu tenho onze anos, e quando tinha nove ganhei este computador do meu pai, que ele comprou parcelado em 24 vezes nas Casas Bahia. Meu pai diz que eu sou a esperança da família.

Eu já tenho 359 amigos no Orkut, 225 no Facebook e 130 seguidores no Twitter. Estou começando a montar um perfil no MySpace para minha banda, The Subtitles. O tio de um amigo meu do Orkut foi quem inventou esse nome, mas eu nem sei o que significa. Também não tem problema, a banda ainda nem existe mesmo. Na verdade eu nem conheço esse meu amigo ainda, mas ele é muito amigo mesmo, do peito como diria meu pai. O zuzu99 é muito legal. Ele vai ser o baterista da banda.

Acho que a última vez que vi minha irmã foi no domingo passado, o que não quer dizer nada, pois nos falamos todos os dias pelo Messenger. Ela também tem um computador no quarto dela. O computador dela é pior do que o meu, pois ela não é a esperança da família como eu. Pelo menos o pai nunca falou nada dela. Eu adoro minha irmã.

Outro dia, alguém me mandou um e-mail com umas fotos esquisitas. Achei melhor não contar pro pai, pois ele poderia ficar brabo comigo. Apaguei o e-mail, mas guardei as fotos.

Minha mãe falou que uma criança da minha idade não pode

ter problemas. Primeiro que eu não sou criança. Já tenho onze anos, o que significa que sou pré-adolescente. Em segundo lugar, eu tenho um problema sim. Não quero mais ir para a escola. Pra quê? Tudo o que eu preciso está aqui mesmo. Meus amigos, minhas músicas, meus vídeos. E posso aprender qualquer coisa no Wikipédia, sem precisar ir até a escola. Além do mais, aqui é bem mais seguro. Volta e meia, quando saímos cedo para ir à aula, temos que voltar, pois a polícia está subindo o morro e a situação fica complicada. Esses dias um menino da minha idade morreu com uma bala perdida em uma escola não muito longe da minha. Eu li na internet.

Meu sonho é terminar meus estudos por aqui mesmo, casar-me com a •°°• Dafny •°°•, que eu conheço do Orkut, e por quem sou apaixonado, abrir minha própria empresa on-line e ir morar em Bali, que eu não sei direito onde fica, mas um monte de gente do Facebook diz que é bem legal.

Mas se não der certo, também não tem problema, essa história de ser a esperança da família é um pouco complicada. Digitei esperança e depois família no Google e só apareceram uns negócios de igreja e tal. Eu hein!

As vividas

Pistou

No auge da neurose com a doença da vaca louca, fomos, eu e minha esposa, à França. Na época ainda namorávamos e eu queria impressioná-la com uma aliança de noivado em um passeio pelo Sena. Como tínhamos amigos em Toulon, resolvemos passar uns dias no sul antes da semana em Paris.

Não comer carne de gado na França só não é mais grave porque existem os patos, as rãs, as lesmas e outros bichos tão ou mais apetitosos. De qualquer maneira, perde-se muito. Por sorte éramos muito novos na época, e ainda não sabíamos direito o que estávamos perdendo. O maior exemplo da nossa falta de noção é que raramente tomávamos vinho nas refeições, substituindo uma boa garrafa de Borgonha de quinze dólares por uma boa garrafa de Coca-Cola de dez.

Falta de experiência à parte, quando acertávamos era em cheio. Em um dos poucos dias chuvosos da viagem, passeando por Grasse, famosa pelos perfumes e por ser cenário do famoso livro de Patrick Süskind, quando não aguentávamos mais de fome, entramos em um restaurante. Ficava na parte de baixo do que parecia ser um pequeno sobrado, na parte velha da cidade. Tinha uma plaquinha na porta, destas nas quais se escreve a giz, indicando que o prato do dia era Macarrão à Bolonhesa. Até aí tudo bem, estávamos certos de que havia outros pratos no cardápio que não nos expusessem aos terríveis riscos da vaca louca. Entramos no restaurante, bem iluminado, superaconchegante, com no máximo umas dez mesas. Todas estavam ocupadas, com exceção de uma, bem no canto, ao lado da cozinha. Como todos comessem o prato do dia, previ encrenca.

Quem atendia às mesas era a própria dona do restaurante, uma senhora gorda, alta e gritona, que se não nasceu na Itália, nasceu no lugar errado. A coisa estava se complicando. Chegamos a pensar que bater a cabeça na parede, babar pelos cantos da boca e ficar mugindo de noite não seria tão mal assim, ainda mais que os sintomas só apareceriam dez anos depois. Ainda assim achamos melhor não arriscar e, depois de uma rápida olhada no cardápio, tomamos coragem e pedimos Spaguetti au Pistou. Preciso confessar que pedimos achando que era macarrão ao Molho Pesto.

O pedido foi seguido do seguinte diálogo, em uma mistura de francês, português, italiano e inglês, com o volume da voz da senhora gorda subindo a cada frase:

- Dois bolonhesas?
- Não senhora, dois pistou!
- Por que não dois bolonhesas?
- Porque somos vegetarianos. – Pensei rápido.
- Mas bolonhesa é o prato do dia!
- Nós sabemos, mas a senhora serve os outros pratos, certo?
- Sim, mas bolonhesa é o prato do dia, por que vocês não querem o bolonhesa?
- Eu já falei senhora, somos vegetarianos.
- Mas está todo mundo comendo o bolonhesa!!!
- Mesmo assim senhora, gostaríamos do Pistou.

E lá foi ela, bufando e batendo o pano de prato na perna, enquanto todos nos olhavam como se fôssemos criminosos. Trinta minutos e algumas bufadas depois, chegaram os pratos. Para nossa surpresa, ao invés do molho verde com sabor forte de manjericão e pinólis, sobre a pasta encontrava-se um molho fresco, com tomates picados, manjericão e um sabor leve e inesquecível. Achamos que ela tinha trocado o pedido de propósito, para vingar o bolonhesa, mas nosso medo era tal que resolvemos deixar por isso mesmo. Sorte nossa. Saboreamos uma delícia poucas vezes igualada em nossas vidas e somente muito tempo depois descobrimos que Pistou e Pesto são primos e que a senhora gorda, apesar de mal-humorada, era bem intencionada e não havia trocado o pedido.

Ainda não tivemos a chance de voltar lá. Agora que a vaca não está mais louca, fico imaginando o quão bom deve ser o Bolonhesa.

Enfim, o Sol

Hoje é o segundo dia seguido de sol em Curitiba. Alguma coisa está errada. Não é um sol qualquer, daquele tímido que aparece entre nuvens (geralmente várias). É um sol soberano, isolado, só não diria solitário porque ele deve até estar precisando de um ou dois dias sem companhia, para pensar na vida, fazer os planos para o novo ano.

Sempre prometi que quando um dia como este surgisse sairia para andar pela cidade. Não sei se vai dar, sabe como é, estou curtindo minhas férias e andar dá muito trabalho, mas se eu sair vou passar protetor, prometo. Com mais de trinta anos não dá para brincar de camarão. Além do que, seria ridículo. Onde foi que você se queimou deste jeito, em Guaratuba, Camboriú, Itapoá? Não, em Curitiba. Internariam-me no ato.

Talvez eu pegue o carro e saia para passear por aí. Tem ar condicionado, músicas que eu gosto e o principal: só preciso passar protetor no braço esquerdo, o que dá uma boa economia. Claro que se fizer a conta direitinho, a economia do protetor não banca o gasto com a gasolina, mas tudo vale como desculpa para não sair para andar, afinal, preguiça faz parte das férias.

Tarde demais, minha esposa já está na porta do quarto vestida com sua roupa de ginástica. Tenho que pensar rápido. O que poderia tirar esta ideia maluca da cabeça dela? Peraí, faz um bom tempo que estamos combinando de descer a Serra da Graciosa para comer um Barreado em Morretes. Gênio!

- Querida, que tal descermos a Graciosa e...

- Barreado em Morretes? Ótimo! Faz um tempão que estamos combinando e nunca dá certo.

E correu para trocar de roupa. Gênio ao quadrado. Batalha vencida, máquina fotográfica esquecida, informações de como chegar lá tomadas, fomos. Obviamente me esqueci do protetor no braço esquerdo, de modo que ao chegar a Morretes ele estava vermelho. Já viu camarão inteiro desbotado com exceção de uma das patas? Nem eu, por isso não vou fazer a comparação, mas ficou ridículo. E ardido. Para evitar maiores problemas, gastei um tubo de protetor no corpo todo, pois, ao meio-dia, mesmo o sol do estacionamento até o restaurante parecia assustador. Acho que ele já tinha planejado o ano e decidiu infernizar a vida dos mais descuidados.

Comemos o tradicional Barreado de Morretes, bom e barato como sempre e mortal como nunca. Devia ser proibido servir este prato em dias como este. Não tenho dúvidas de que existe um esquema de apostas entre garçons e garçonetes de restaurantes de Barreado.

- Olha, aquele ali já está no terceiro prato, vai desmaiar antes de pagar a conta. Cincão, alguém?

Para aproveitar a viagem, apesar dos meus protestos, fomos andar pela cidade e visitar as lojinhas de artesanato. São todas exatamente iguais e com as mesmas coisas, mas entramos em todas, uma por uma. Quando finalmente entramos no carro tínhamos uns três pacotes de bala de banana, uma garrafa de pinga com sabor de alguma coisa, uns quadrinhos e imãs de geladeira. Voltamos para casa, os mesmos noventa quilômetros da ida.

Como resultado da minha ideia preguiçosa e genial acabei gastando mais protetor solar do que qualquer ser humano normal em um dia, dez vezes mais gasolina do que se tivesse ido dar uma voltinha de carro, andamos o triplo do que se tivéssemos saído para andar e ainda por cima ganhei um braço de camarão. Xinguei tanto o sol por causa disso que ele já está se escondendo atrás das nuvens novamente. Tudo volta ao normal por aqui. Vou sentir falta deste dia quando estiver esticado no sofá, olhando a chuva.

O Manda-Chuva

Eu admito, a culpa é toda minha! A cidade está nesta seca há um bom tempo, e a causa sou eu. Você duvida? É verdade, juro! O céu está limpo, o inverno está quente, o racionamento de água começou, e se você quiser alguém para apedrejar, aqui estou.

Quando era pequeno, ouvia dos meus pais que eu havia nascido para grandes feitos. Sempre achei bobagem, coisa de mãe coruja, de pai orgulhoso, mas agora está provado, eu nasci para determinar quando vai chover e quando o tempo vai abrir. Eu tenho este poder, e não adianta ficar com inveja, não tem nada de bom nisso. Na verdade é muito mais uma maldição do que uma benção.

Ao longo da história muitos milagres foram atribuídos a pessoas comuns, que depois foram santificadas ou queimadas em fogueiras. Sinceramente espero não ter nenhum destes dois destinos extremos, mesmo porque não opero nenhum milagre, o que faço é científico, você já vai saber.

Hoje, depois de mais de quatro meses de uma seca de deixar qualquer Tuareg com sede, choveu! E não foi pouco.

Eu vou contar o segredo, mas só funciona comigo, não adianta tentar em casa. O que eu fiz? Simples, finalmente atendi aos apelos desesperados da minha esposa e mandei o carro para lavar. Prometo nunca mais esperar tanto. Aliás, se sua lavoura está sofrendo ou seus reservatórios estão esvaziando, manda dez reais para cá que eu mando lavar o carro toda semana.

A Confusão entre o Brabo e o Chato

Gosto de muito de andar, especialmente com meus fones no ouvido. Dá a noção real de tempo e espaço. Como trabalho em um lugar isolado, quando estou na cidade saio pelas ruas.

Outro dia andei pela vizinhança. Já ia longe quando começou a tocar no aparelhinho uma velha canção que eu havia escrito. Era uma das minhas melhores composições e me fez lembrar o tempo em que a escrevi. Outros tempos como diriam os melancólicos. Sou melancólico. Esta é a história desta música, ou o relato de como esta história virou música, ou qualquer coisa do tipo, que envolva a história e a música.

Não acredito que se faça boa arte sem sofrimento. Talvez por isso minhas composições sempre foram medíocres, tive até aqui uma vida muito boa. Sem pai autoritário, mãe desequilibrada, irmão traficante, nada disso. Também nunca vivi grandes decepções amorosas. Desta forma, para conseguir compor, acabei criando um personagem sofrido, mal amado, inconformado com as injustiças do mundo e revoltado com as autoridades, a religião, o governo e a coxinha gordurosa do boteco do japonês na esquina da faculdade.

Foi justamente esperando o intervalo da aula para comer mais uma das coxinhas assassinas, que comecei a rabiscar no final do caderno de cálculo a letra da música. Nela descrevi a revolta de meu personagem com a violência, as regras da sociedade e, veja só, as comidas dietéticas. Segundo sua tese, éramos submissos, tínhamos baixa auto-estima e não estávamos mudando de atitude frente a todos os graves problemas da sociedade. Não custa lembrar que, naquele mesmo ano, poucos meses depois de ter escrito a música, justifiquei meu voto nas eleições presidenciais, pois tinha uma festa para ir em outra cidade. Meu personagem ficou puto comigo, mas ele que fosse à merda, quem mandava era eu, e estava na idade de me divertir.

É claro, nenhuma amizade se sustenta desta maneira. Aos poucos ele foi ficando revoltado comigo. Entrei para a sua lista de coisas ultrajantes, nojentas e sem sentido da nossa sociedade. Foi me abandonando, me deixando para trás, deveriam existir pessoas mais íntegras, menos fúteis.

Para continuar compondo, tive que criar outro personagem, este mais romântico, sensível com as relações humanas e entendedor das coisas da vida. Em resumo, um chato.

Esse não come coxinha gordurosa, prefere uma boa massa, um bom vinho e gosta de ler bons livros. Como eu falei, chato pra burro. Mas somos bons amigos. Um dia o levo para andar comigo, quem sabe encontramos meu personagem de antigamente. Acho que daria uma boa briga. E quem sabe, finalmente, uma boa música.

O Preço da Liberdade

Era em torno de quatro da tarde, o sol estava com tudo e o clube cheio. Em um dos cantos da grande propriedade havia um descampado enorme no pé de um declive, não tão alto, nem tão baixo. Foi ao longo deste declive gramado que as pessoas estavam se acomodando para assistir à corrida de cavalos organizada pelo clube, com o muito criativo nome de Horse Cross. Aliás, tema de uma próxima história deverá ser a capacidade que o povo da minha cidade tem de inventar nomes criativos para as coisas, como a locadora de vídeos que se chama AtreVídeo. Que tal hein? Entendeu? Voltando, a competição se daria justamente no terreno descampado, com alguns obstáculos para dar mais emoção e testar a habilidade dos cavaleiros da cidade, que mais tarde provou-se ser das menores.

Para ser honesto, não lembro de muita coisa. Não porque minha memória não me ajuda, mas porque eu não estava dando a menor importância para o evento. Ficar sentado na grama, debaixo do sol, vendo um bando de rapazes da "sociedade" exibindo seus presentes de Natal de quatro patas não era exatamente meu ideal de diversão. Antes esta distração tivesse prejudicado apenas minha memória, pois coisa muito pior aconteceu.

Já estavam, os cavaleiros e seus brinquedos, no meio da corrida. Minha mãe sentada à minha frente, um pouco abaixo no declive, meu pai um pouco mais para o lado, com uns amigos do trabalho. Do meu lado direito, duas meninas, um pouco mais velhas do que eu. Com certeza eu não tinha idade para estar distraído com as meninas, então deveria ser com alguma outra coisa, muito provavelmente meus próprios botões. De repente, um dos competidores desviou-se da rota e começou a subir o gramado em direção às meninas, minhas vizinhas da direita. Eu continuava distraído, mas percebi que o povo se agitava. O cavaleiro, no meio do desespero, reconheceu as meninas, que eram suas primas e, em um rompante de habilidade tardia, conseguiu desviar o animal para o lado da minha mãe. Ela, que estava atenta à corrida desde o início assustou-se e baixou o corpo de medo. No mesmo momento em que o cavalo viu minha mãe se abaixando, de susto saltou, e eu, de susto levantei. Péssimo momento para resolver conferir o que estava acontecendo. Foi por muita sorte que o cavalo não me atropelou por completo. A única coisa que aconteceu foi que o quadrúpede bateu um de seus joelhos na minha clavícula esquerda. Joelho de cavalo em alta velocidade, clavícula de criança distraída, não preciso detalhar o estrago.

Como a Caravan marrom de meu pai estava estacionada a uma distância proibitiva, ele apelou para um amigo, que tinha seu Fusca ali perto, para me levar até o hospital.

Enquanto meu velho me carregava em seus braços, eu conseguia ver minha mãe correndo atrás. Se não me engano ela desmaiou umas duas ou três vezes até chegarmos ao Fuscão que, antes que alguém se lembre da música, era branco. O caminho de uns sete quilômetros até o hospital foi rápido, minha única preocupação é se teria que tomar injeções. Só lembro da primeira, que me fez dormir.

Acordei no dia seguinte com um bruta gesso no braço que deixava só a mão para fora e cobria boa parte do peito e das costas. Fiquei assim um bom tempo, depois trocaram o gesso por um menor, que só cobria o braço, e por fim me libertaram. Algumas semanas de fisioterapia e eu estaria novo, e o melhor, com uma boa desculpa para não me meterem mais em nenhuma fria que envolvesse grama, sol na cabeça e cavalos mal conduzidos. A liberdade, afinal, tem seu preço.

Seu Dudu e Seu Cominho

Seu Dudu e Seu Cominho foram figuras que fizeram parte da minha infância e da minha adolescência em parte. Um era do dia, outro da noite. Ambos capitaneavam, em seus respectivos turnos, a portaria do Edifício Paraíso, onde passei todos os janeiros ou fevereiros daquele período, dependendo da escala familiar para utilização do apartamento da praia. Seu Dudu andava arrastando a perna, que tinha uma ferida sempre grande e exposta, como se fosse uma vítima de guerra. Diziam que era uma queimadura grave, sofrida em um acidente de trabalho, mas ninguém tinha certeza. Sempre que ligavam para a portaria ele saudava com fala ensaiada e, por todos os anos que consigo me lembrar, idêntica. Seu Cominho era menos formal, tinha cara de desconfiado e um sorrisinho malicioso de canto da boca. Parecia gostar de todos nós pirralhos, mas dava a impressão que estava sempre a ponto de perder a paciência. De qualquer forma, nossa turma era grande o suficiente para deixar os porteiros em paz. Aliás, porteiros de praia, ao contrário daqueles da cidade, têm esta vantagem, as crianças estão sempre ocupadas com outras coisas mais interessantes do que encher o saco dos pobres coitados.

Na maior parte das vezes, o único trabalho que tinham conosco era o de apartar as brigas que dividiam a turma, sempre em duas facções. O negócio era cíclico. A cada temporada os lados que se opunham eram compostos de pessoas diferentes, sendo a somatória sempre a mesma, a turma original. Em várias temporadas as divisões se reagrupavam ainda no final de janeiro e se dividiam novamente, com outra configuração lá por meio de fevereiro, deixando a solução definitiva adiada para o ano seguinte.

É claro que se dependesse de mim passaria os dois meses na praia, mas como isso não era possível, preferia quando íamos em janeiro. O pessoal de janeiro era o que criava as histórias, os de fevereiro passavam os primeiros dias entendendo o contexto e passavam o resto das férias batalhando para conseguir um papel no enredo. Quando íamos em fevereiro os namoricos já estavam definidos, a divisão da turma já estabelecida e os escândalos em andamento. Ou você chegava com uma história acachapante, ou não era ninguém.

Eu tinha uma vantagem enorme neste contexto. Na maioria das vezes em que fevereiro era destinado à minha família, meu primo já estava lá e tínhamos pelo menos uma semana de sobreposição para que a transição fosse feita e a adaptação se tornasse mais suave.

Com o tempo os interesses foram mudando, a turma ficou mais unida, e ao invés de brigarmos, começamos a namorar, o que, diga-se de passagem, revelou-se bem mais interessante. Apesar da amizade sólida, ou talvez por causa dela, alguns relacionamentos intraturma se estabeleceram. Mas foram poucos. O negócio dos meninos era arranjar alguém para "ficar", como se dizia antigamente, e infernizar a vida dos caras que queriam o mesmo com nossas meninas. Porque na nossa cabeça elas eram como irmãs, e não era qualquer um que podia chegar perto. Elas, claro está, tentavam fazer o mesmo, porém através de meios muito menos diretos e mais intrincados do que os nossos.

Foi nessa época que o Seu Dudu, sendo o dono da noite, teve mais trabalho do que o Seu Cominho. No turno do segundo estávamos dormindo, ou curtindo a ressaca na praia, enquanto que no de Seu Dudu, estávamos a toda. O velho Dudu só fazia rir cada vez que um de nós chegava tarde da noite, com a cabeça cheia de Capeta, uma bebida estupidamente forte que mistura coisas que nem me atrevo a lembrar. Várias vezes ele nos via dormir no sofá da portaria, tendo o trabalho e a bondade de nos acordar antes que nossos pais entrassem em desespero em algum dos 24 andares do Edifício Paraíso.

Creio que faltem poucos anos para que as crianças e adolescentes comecem a me chamar de Seu. Só espero que eu mereça o mesmo respeito ao ser lembrado, que os velhos capitães da portaria dos meus verões na praia mereceram.

Mulheres-Modelo

Adoro ver minha esposa se arrumando para festas. É como se fosse um desfile de moda particular. Existe todo um ritual que deve ser cumprido até começar o desfile, mas vale a pena esperar.

Tudo começa com o banho. Ah, o banho! Às vezes acho que as mulheres tentam remover até as pintas de nascença no banho. Fico imaginando a cena. Ela segurando a pontinha da esponja, cheia de sabão, e, esfregando compulsivamente a pinta pensa, "Droga, ainda não foi desta vez, mas um dia eu tiro esta porcaria daqui."

Depois do banho vem a parte mais barulhenta da história. Secar o cabelo talvez seja a tarefa mais importante do processo para as mulheres. A relação delas com o secador é tão íntima que às vezes chega a dar ciúmes. Todas têm um apelido para o seu. Minha esposa chama o dela de "turbininha", o que faz todo o sentido, dado o barulho infernal que sai dali.

Cabelo seco, escolhe-se a roupa. Não entendi direito ainda, mas parece haver umas três ou quatro etapas aqui, dependendo da pressa. Não vou nem tentar descrevê-las. É claro que direta ou indiretamente acabamos participando de todas. É aqui que está o maior segredo do casamento, saber quando elas querem realmente uma opinião, ou quando só querem confirmar a delas. E ouse não dominar este segredo! Vai dormir no sofá sem ter a menor ideia do porquê.

Quando, em um misto de sinceridade e desespero, você fala

que elas já estão perfeitas, descobre que ainda falta a maquiagem, e depois as joias e por último o perfume. Você nem lembra mais para onde estão indo. Já está embaixo das cobertas, procurando um filme na TV, e ainda tem que escutar: "Você não está pronto ainda?"

De qualquer forma, não existe desfile de moda melhor do que este. Além de toda a diversão, depois da festa você volta para casa e ainda dorme com a modelo.

As Semanas, os Meses, os Anos

Olhei para o lado e a vi, linda demais, cabelos castanhos largados, rentes ao rosto pequeno, liso e claro à perfeição. Fazia muito tempo que não a via, desde os tempos de escola. Na verdade acho que nunca a tinha visto, não daquela maneira. Não tinha mais volta.

Por muito tempo olhei, como é de meu costume. Olhei com desespero até, pois sabia que não iria ser fácil vencer minhas barreiras. Por pouco não a perdi, até que um dia, com alguma ajuda, fui. Neste dia ela estava ainda mais linda, o que me assustava ainda mais. Conversamos o pouco que dava, já estava tarde, sempre fui de fim de festa, mais uma armadilha da minha timidez.

A coisa foi indo, devagar mas com consistência. Primeiro beijo em uma semana, me chame de antiquado se quiser. Como eu corri riscos nesta história! Não sei como ela teve tanta paciência. Depois do primeiro beijo comecei a achar que tinha uma pequena chance, vê se pode. A esta altura ela já estava completamente à vontade, comigo e com todos, e eu lá, ainda em dúvidas se a tinha conquistado.

As semanas passaram, os meses, os anos, o noivado e o casamento. Imagina, só agora que estou longe dela por uma semana é que consegui escrever estas sinceras palavras, e não é porque só sinto o que sinto quando estou longe, não mesmo, é que quando estamos juntos eu não quero perder um só segundo. Não sou mais de fim de festa. Não com ela.

Veranico de Maio

Para os que adoram o verão, existe uma última esperança antes do inverno chegar, o famoso veranico de maio. Poucos dias de sol e calor no final do mês, que fazem lembrar o verão que semanas antes chegara ao seu final. Apesar das condições climáticas quase idênticas, estes dias podem ser verdadeiramente incômodos para alguns, principalmente os mais nostálgicos, pois só fazem lembrar como estava bom o verão, e que aquela ilusão logo acabará e o inverno em breve chegará, forte e incontestável.

Ontem, no meio dos meus 33 anos de idade, apareceu uma espinha no meio da minha cara. A reação normal seria tratá-la imediatamente para evitar ser confundido com um chokito envelhecido, mas fiz exatamente o contrário. Tenho cuidado dela com o maior carinho, fazendo o possível para que ela dure o máximo possível. É meu último suspiro de juventude. É minha espinhica dos 33, anunciando o fim da adolescência, algum tempo depois de ela já ter acabado. Ela está para a adolescência como o veranico está para o verão. A diferença é que estou me agarrando a ela como ela se agarrava a mim, quando as tinha aos montes e não queria nenhuma.

Nunca dei bola para a idade, mas tem sido um ano difícil. Não sou religioso, nem tenho certeza se Jesus existiu, mas seu mito inflacionou os 33. Com esta idade já tinha feito tanto, influenciado tanta gente e morrido de forma tão épica, que é difícil não achar que se está envelhecendo aos

33. Enquanto escrevo percebo que minha derradeira companheira de juventude está indo embora. Minha espinhica se vai, e o inverno já chegou. Como não pretendo ser crucificado, pelo menos por enquanto, me resta esperar o próximo verão.

Feiosa

Enxergo grandeza onde não existe. Acredito na importância do que não é. Exagero nas reações. Sou assim desde pequeno, especialmente no campo turístico.

Quando tinha uns 8 ou 9 anos, fui com meus pais e irmãos para Foz do Iguaçu. Além de conhecer as Cataratas, tínhamos a intenção de fazer algumas compras no Paraguai, que naquela época de economia fechada era ainda mais atraente. Era minha primeira viagem "internacional" e eu estava emocionado. A viagem durara horas e ainda estávamos em Cascavel, cidade do interior do Paraná que fica a mais ou menos uma hora de Foz do Iguaçu, fronteira com Ciudad del Este. Meu pai ligou o rádio e sintonizou uma estação paraguaia. Segundo relato dos meus pais, quando a música que tocava terminou e o locutor começou a falar em castelhano, eu chorava de emoção e gritava "Assunción, Assunción".

Anos mais tarde, na minha primeira viagem internacional de verdade, fui para um congresso na França. Depois de uma semana passeando em Nice fomos, eu e minha mãe, para Paris. Passeamos por tudo, mas foi no museu do escultor Rodin que dei meu segundo bola-fora internacional. Pagamos os ingressos e antes de entrar no museu atravessamos um jardim muito simpático, com uma vista bonita da cúpula dourada da igreja do complexo de Les Invalides, que fica logo ao lado. No meio do jardim, para nossa total surpresa, exposta ao tempo estava a obra-prima do escultor, O Pensador. Era muito maior do que imaginávamos, e muito mais bonita. Tirávamos fotos sem parar, de todos os lados e ângulos possíveis. E o melhor, ninguém nos atrapalhava. Nenhum japonês para nos tirar da frente da estátua. Era um milagre turístico. Quase não entramos no museu, o objetivo já estava mais do que alcançado. Entramos por obrigação de quem já tinha pago os ingressos e descobrimos, bem quietinhos para ninguém saber, que O Pensador é uma estatuazinha pequenina, protegida por vidros, difícil de fotografar e cheia de japoneses em volta, bem guardada no interior do museu.

Há algum tempo fui com minha esposa e um casal de amigos para Morretes. Nosso plano era descer a Serra da Graciosa e, para os que não ficassem com o estômago embrulhado nas curvas da Serra, comer um Barreado tradicional na chegada. Era a primeira vez que eu faria este trajeto, e como sou meio perdido por natureza, não seria desta vez que acertaria o caminho de primeira. Fomos embora e já no começo da estrada comecei com os meus devaneios. Achava tudo muito bacana, cada curva, cada ponte, cada pedacinho de mato. Meus três companheiros de viagem não mostravam a mesma empolgação e eu ficava indignado. No fundo eu também estava achando aquela Graciosa meio sem graça, mas não queria admitir. No final das contas, quando já deveríamos estar chegando a Morretes, chegáramos no início da verdadeira estrada da Graciosa. Até então estávamos circulando por uma estradinha sem vergonha, na qual havíamos nos perdido achando que estávamos achados. Depois de muita risada, apelidamos a falsa Graciosa de Feiosa. E essa não foi a pior desta viagem. Chegando a Morretes, sentamos em um restaurante na beira do rio. Enquanto esperávamos o Barreado assassino, batendo um bom papo, avistei um peixe azul enorme brilhando na correnteza do rio, pulando para fora da água. A esta altura vocês já imaginam minha comoção. Já estava puxando a máquina fotográfica, que ainda não era digital, quando o povo começou a gargalhar. Não entendi a comédia da situação até ver novamente que o peixe azul na verdade era o chinelo azul de algum local que nadava animado rio abaixo.

Depois desta última, desisti de me empolgar com as coisas. Pelo menos até ter certeza de que não é furada. Por via das dúvidas, quando estou indo para outro país, evito sintonizar as rádios locais.

Seagazer

Como ser humano assumida e eternamente perplexo com a grandeza e as maravilhas do oceano, sempre percebo quando estou diante de um semelhante. Nós, os Seagazers, somos facilmente reconhecíveis. É só prestar atenção aos braços largados ao lado do corpo (ou às mãos dadas atrás das costas, uma variação que, à exceção do físico prejudicado e do fato de não usarmos sungas vermelhas, pode fazê-lo nos confundir com salva-vidas prontos para a ação), ao olhar fixo no horizonte oceânico, às pernas um pouco espaçadas e a uma leve inclinação a sair nadando até desaparecer. No meu caso específico – pois não sou um porta-voz da nossa espécie, ou algo do tipo – se tiver um par de fones brancos no ouvido, com, por exemplo, Stargazer (um tipo mais conhecido, mas não menos esquisito de Gazer) do Mother Love Bone tocando, ainda melhor. Pode ser também a Oceans do Pearl Jam.

Hoje, curtindo o último dia de férias na praia, descobri um novo membro do nosso seleto grupo de lunáticos. Meu filho. Ele tem apenas um ano de idade, conheceu o mar há menos de uma semana e já é um dos nossos. É a primeira vez que pude presenciar o exato momento da descoberta. A hora da perdição. Afinal, ele estava no meu colo. Posso jurar por Nemo – não o peixe simpático da animação, mas o Capitão de Júlio Verne – que ele largou os bracinhos ao lado do corpo, fixou o olhar onde o mar encontra o céu e ficou hipnotizado. Alguns momentos depois, começou a se jogar em direção ao mar, como se estivesse me convidando a ir junto, encontrar nosso destino, agora ainda mais compartilhado.

É claro que eu nunca negaria um pedido do meu filho. Entrei com ele no colo até passar a arrebentação – que em Bombinhas quase não merece esse nome, pois é feita de apenas uma mirradinha onda por vez – nos encaramos com cumplicidade, ele ficou lambendo o pouco de água salgada que espirrou em seu rosto e voltamos. O padre vai ter que me desculpar, mas agora sim posso dizer que ele foi batizado.

Despertadores

Eu não sou exatamente um cara místico, que acredita muito em que tudo acontece por um motivo e tal. Ou pelo menos não era até ter meu filho e começar a me aproximar da meia-idade. Agora, de verdade, meu velho ter perdido a hora no meu primeiro dia de aula em um novo colégio sempre fez meu ceticismo cair de joelhos, por assim dizer.

Explico. Meu velho nunca perde a hora. Pelo contrário, a hora é que perde ele. Sempre agitado, ligadão, a mil por hora, quais eram as chances de ele dormir demais no primeiro dia de aula de dois dos seus três filhos no colégio novo? Bom, alguma chance deveria ter, pois foi o que aconteceu. E esse pequeno deslize foi o que salvou a minha vida, sem exagero.

Como cheguei atrasado, as carteiras próximas aos de meus colegas do antigo colégio já estavam todas tomadas. Sobrou um lugar do outro lado da sala de aula, bem no meio de três figuras lendárias da cidade. Para um piá de prédio, patologicamente tímido, vindo de um colégio de filhinhos de papai, sentar no meio daqueles caras era a pior coisa que poderia acontecer. Ou melhor dizendo, tinha uma coisa pior. Quando o professor fechou a porta e iniciou as apresentações, sua primeira atitude foi "congelar" os lugares. Isso significa que eu ficaria sentado ali, no meio dos três bandidos, o ano todo. Fodeu.

A aula começou, um dos três puxou papo, os outros foram se apresentando e, no final das contas, os bandidos não eram assim tão sanguinários. Isso foi há quase 22 anos, e no resumo do resumo, foi com esse povo que matei a primeira aula, bebi o primeiro garrafão de vinho Campo Largo, aprendi a tocar violão, fui à minha primeira festa cool (na Rua Lopes Trovão, nunca vou esquecer o endereço), tive minha primeira discussão existencial profunda, descobri que rock era mais do que Pink Floyd e Engenheiros do Hawaii, levei a primeira batida da polícia, fiz minha primeira música, gravamos nosso primeiro CD e assim por diante. São meus melhores amigos até hoje.

Nesses 22 anos, aconteceu de tudo. Ficamos velhos, pelo menos se comparados ao dia em que meu velho perdeu a hora. Alguns casaram, outros ainda não. Alguns tiveram filhos, outros não. Todos se formaram em alguma coisa. Tivemos brigas sérias que acabaram nos afastando um pouco, mais uns do que outros, mas o sentimento de que ali tinha algo de especial continua forte em todos nós. O mais legal é que não existem tentativas patéticas de reviver o que já se foi (apesar da vontade ser grande em alguns momentos).

Tinha decidido nunca escrever esta história, por mais resumida que fosse, por pelo menos dois motivos. Um, ela só interessa a mim e a todos os que a vivenciaram. Dois, ela é sentimental demais e, por melhor que eu a escrevesse, nunca refletiria o que ela significou de verdade na vida de todos nós. O problema é que ontem mais um de nós casou, com uma das nossas, e a festa estava muito alto astral, e fizeram um vídeo da história deles, que é quase a nossa história, e mais do que isso, todos estavam lá. TODOS.

Eu passei a festa toda com meu pequeno no colo, supermanhoso porque estava estranhando aquele povaréu, e não consegui evitar o pensamento de que talvez eu esteja criando um piá de prédio tímido como eu era antes de conhecer aquela gente. Acho que não, ele é apenas um neném de pouco mais de ano e meio, mas se um dia eu perceber que esse é o caso, abolirei em um decreto irrevogável todos os despertadores da casa.

As que explicam as outras

Os Beatles e o Stones

Há muito tempo eu tinha um amigo que eu gostava de chamar de Stones. Ele adorava os Beatles. Eu, Pink Floyd. Nós dois gostávamos de Rolling Stones, mas o apelido dele não tinha nada a ver com a banda, eu só achava legal chamar alguém assim. Se eu nunca entendi por que, imagina ele. Foi o período em que descobrimos o rock'n'roll, mania que cultivo com muito carinho até hoje e que ele, até onde sei, deixou um pouco de lado.

Nós dois éramos de famílias de classe média, mas ele, como o filho temporão, sempre tinha mais dinheiro no bolso. Um dia o convenci a comprar o álbum Ummagumma, do Floyd. Eu não tinha a menor ideia do que se tratava, muito menos estava preparado para escutar um álbum quase inteiro instrumental com músicas de mais de 10 minutos. E eu era o que gostava de Pink Floyd, que para mim até então era a banda do The Wall e do Dark Side of the Moon. Nunca vou esquecer a cara dele quando escutamos o disco. Um misto de "vou te esganar por ter me feito gastar uma fortuna em um disco duplo horrível" com "meu Deus, meu amigo é louco". A minha cara não devia estar muito diferente, um misto de "ele vai me matar por tê-lo feito gastar uma fortuna em um disco duplo horrível" com "meu Deus, eu devo estar ficando louco". Talvez por isso, ou talvez porque o disco seja ruim mesmo, nunca gostei do Ummagumma. Mesmo para um superfã de Pink Floyd o disco é muito pretensioso. Além da cara feia, ele nunca disse uma palavra sobre o fato, o que sempre considerei uma prova inigualável de amizade.

Desde aquela época, nunca dei muita bola para os Beatles. Sempre soube que a fama de melhor banda do mundo era totalmente justificada, mas nunca fui humilde o suficiente para escutá-los, até recentemente. Depois que todos os meus amigos tiveram sua fase Liverpool, achei que estava na hora de me render. Consegui a coleção completa e estou escutando aos poucos, disco a disco, em ordem cronológica, a obra dos *fab four*.

Quando cheguei à música With a Litlle Help from My Friends, lembrei que foi com a pequena ajuda de um grande amigo, que adorava Beatles, que comprei o primeiro disco ruim de uma banda que eu adorava e aprendi a ser humilde e equilibrado em relação ao que é bom e ao que é ruim. O Stones, que adorava Beatles, gastou todo o seu dinheiro em um disco ruim do Pink Floyd e selou uma grande amizade.

Então Junte!

Anos depois, acabei assistindo sem querer a um episódio do Sítio do Pica-Pau Amarelo. Era o famoso episódio da série antiga em que aparece o Minotauro em seu labirinto. Na hora em que apareceu o dito-cujo, não sei se me assustei mais com as lembranças do susto que tive na infância ou com a péssima qualidade da fantasia que criaram para o infeliz do ator que, aliás, já deve estar de saco cheio de ser chamado de chifrudo. Inacreditável como uma coisa tão mal feita podia ser tão convincente. Se uma criança dos dias de hoje, em um dia no qual a tv a cabo esteja com defeito, acabar em uma rede de sinal aberto e assistir ao episódio, vai querer saber por que aquele tio está com aquela máscara brega de chifres de papelão. Se chorar, vai ser porque está perdendo o episódio diário de *Backyardigans*, ou qualquer outra coisa que as crianças adorem hoje em dia.

Apesar de ainda não ter filhos, tenho acompanhado de perto a infância da minha sobrinha, que aos quatro anos já sabia navegar pela Internet, em sítios tão complexos como o da Barbie e o do próprio Sítio, é claro, na versão anos 2000. E não ria, vai tentar entender o sítio do Sítio (sem trocadilho) para você ver! Apesar de achar minha sobrinha genial (na verdade, sem dúvida nenhuma a criança mais inteligente do mundo, como não poderia deixar de ser, é claro, alguém duvida?), creio que ainda nos dias de hoje as crianças são dotadas de uma simplicidade de raciocínio que anda faltando para nós adultos. Nunca vou esquecer o dia em que estava com ela no escritório de meus pais. Enquanto ela navegava pelo mundo da Barbie (eu navegava no controle remoto da tv), ela começou a reclamar que não conseguia acessar o joguinho da memória de uma das amigas da Barbie. Com preguiça, fui verificar o que estava acontecendo e quando falei para ela que a Internet havia caído ela me olhou com uma expressão de quem está diante de um idiota e respondeu com voz de choro, "Então junte!". Porque para ela é simples, a Internet caiu, junta. Como assim não ter Internet disponível o tempo todo? Aliás, perceba que eu escrevo Internet com letra maiúscula, achando o máximo, mesmo depois de anos de uso. Ela provavelmente não vai escrever nem o meu nome com letras maiúsculas quando os pais dela liberarem o acesso ao Messenger e formos bater um papo, ou "chatear" como ela provavelmente dirá, pela rede.

Dias atrás estávamos sentados no sofá, eu assistindo ao Sítio, ela protestando. Eu estava completamente absorto com a voz hipnótica e assustadora da Cuca enquanto ela brincava com o controle remoto da televisão. De tanto jogar o controle de um lado para o outro, um pouco para se distrair, um pouco para chamar minha atenção, ele caiu no vão entre as almofadas do sofá e com o impacto acabou mudando de canal. Indignado, falei:

– Ei, o que você está fazendo? Estou vendo o Sítio!

– Mas o controle remoto caiu no buraco do sofá.

Com voz de choro gritei:

– Então junte!

O Ministro do Planejamento

Conheço um homem que foi apelidado pelo sogro de Ministro do Planejamento. O apelido só é injusto pelo fato de ele não ter a menor inclinação para as atividades políticas, além das da boa vizinhança. Quanto ao fato de ter um dom sobrenatural para planejar atividades, o apelido chega até a ser brando. O homem é bom! Não faltam histórias para provar e nem familiares para constatar.

Outro dia estava escutando ele conversar sobre a festa de Réveillon com seu filho mais novo. Não lembro bem o dia, mas era início de outubro.

- Filho, vamos para a praia passar o ano novo?

Após uma feição que refletia total estranheza com relação à pergunta, o jovem entendeu e entrou na onda.

- Mas pai, não está meio cedo?

- Como cedo, já estamos em outubro! Esses hotéis de praia lotam com uma velocidade que você não acredita. Ainda mais aquele quarto que eu gosto no térreo, de frente para a praia. Posso reservar um quarto para você?

- Não sei ainda, deixe chegar mais perto.

- Mas é só uma ideia, sem compromisso nenhum, em tese.

- Talvez, reserve então, mais perto eu confirmo.

Obviamente eu achei aquele papo todo muito estranho, uma vez que já estava tudo certo para passarmos o ano novo em família, na casa dos meus pais, na cidade. Foi neste momento que eu não resisti.

- Pai, eu estava escutando a conversa, nós não íamos passar o ano novo aqui?

- Claro, e quem disse que não?

- Como assim, vocês acabaram de combinar de reservar hotel na praia e tudo!

- Não! Estávamos combinando o outro ano novo.

Olhei para o meu irmão e, sem falar uma palavra, trocamos uma meia dúzia de ideias do tipo:

- Este é o velho de sempre!

- Figuraça!

Quem me conhece deve pensar "Olha só quem está falando, o maior planejador de todos". Confesso que sou bom nisso, mas todo bom aluno tem que ter um mestre. E o meu é imbatível.

O Rei do Networking

Sempre quis fazer uma homenagem a um homem que foi parte muito importante da minha vida, o tio Carlos. Eu poderia fazer um texto sobre as qualidades dele como engenheiro, ou professor, ou qualquer outra coisa, mas não seria verdadeiro. Apesar de ter sido meu primeiro "patrão", quando eu ainda estudava engenharia, não sei dizer quais eram suas qualidades profissionais. O que sei dizer, e esta é minha homenagem, é que o tio Carlos era o Rei do Networking.

Nunca na minha vida fui dar uma volta com o tio Carlos sem que ele cumprimentasse pelo menos umas três pessoas diferentes. E não pense que ele cumprimentava sem conhecer. E não pense que ele conhecia superficialmente. Ele sempre sabia o nome e pelo menos uma característica única da pessoa. Um diálogo típico seria:

– Oi doutor! – ele chamava todo mundo de doutor – Tudo bem?

– Tudo Seu Carlos, e o senhor?

– Graças a Deus! E daí, já vendeu o Landau dourado?

Era sempre assim. Ele parecia realmente se importar com as pessoas. Este era o verdadeiro poder do seu networking. Fazê-lo não era uma profissão para o tio, mas um prazer. Aprendi muito com ele neste sentido. Mais do que desenhar fiações elétricas e pontos de iluminação em papel vegetal.

Meses antes de o tio descobrir que tinha câncer até o dia em que ele faleceu, devo ter falado com ele umas duas vezes no máximo, uma delas no hospital. É estranho, pois até um tempo antes vivíamos juntos. Talvez eu nunca entenda o que aconteceu. Quem sabe eu era muito jovem e imaturo para vê-lo sofrer. Quem sabe ele já estava meio desligado das coisas daqui, fazendo seu networking com o pessoal do além. Vai saber? Consigo até imaginar a chegada dele:

— Oi doutor! Tudo bem?

— Carlos, meu filho, que bom recebê-lo por aqui!

— O prazer é meu, mas me diga, sua mãe, Maria, continua com aquela dor nas costas?

Um Momento de Triunfo

Quando o pai sentou-se à frente do artista, os dois filhos já tinham passado a sua parcela de vergonha. Uma vergonha que valeria a pena, pois imortalizaria as três ótimas semanas que haviam passado juntos, reforçando, ou quem sabe até relembrando, a amizade insubstituível entre pai e filhos. A esta altura já havia em volta do mais velho um bando de turistas, que não paravam de rir enquanto aguardavam a vez de ter suas características mais peculiares exageradas ao extremo pelas mãos habilidosas do caricaturista. Os dois irmãos também não conseguiam parar de rir, dos próprios rostos estampados na folha branca, e do que agora aparecia aos poucos entre os dois.

Acabada a obra, o artista a enrolou prendendo-a com um elástico, recebeu seu dinheiro e partiu para a próxima vítima. Os três saíram abraçados, felizes, exaustos de toda a andança de turistas e com saudades de casa. Pararam em um dos restaurantes que circundam a Praça dos Artistas e pediram um prato típico de mariscos ao molho de vinho branco e manteiga. Enquanto almoçavam, já embalados pelas garrafas de vinho que pediram para acompanhar e com resquícios da fumaça do Narguilé que haviam fumado seguidamente antes de chegar à Paris, começaram uma retrospectiva emocionada da viagem. Uma viagem às origens, uma viagem inesquecível.

Lembraram da chegada ao Cairo e da primeira espiada no Nilo, da janela do quarto do hotel em que passariam os próximos dias. Lembraram do sufoco das catacumbas das pirâmides que haviam visitado, e da foto com os camelos, igual àquela que a avó tinha tirado, muitos anos antes, a poucos dias de embarcar para o Brasil em sua viagem definitiva. Depois a viagem até a Síria, onde visitaram a cidade do avô, cujo nome de família é muito respeitado, e lembraram do orgulho que sentiram cada vez que faziam festa para eles quando se identificavam. Cada detalhe da viagem foi curtido entre um mergulho de pão no molho amanteigado dos mariscos e um gole de vinho francês.

Como já fosse tarde, decidiram voltar ao hotel, colado ao Arco do Triunfo. Ficaram olhando o monumento construído para que Napoleão comemorasse suas vitórias de guerra. Enquanto o pai chorava pela vigésima terceira vez desde que saíram de viagem, cada filho o abraçou de um lado. Desta vez quem passava por perto não ria. Além da caricatura estar bem escondida, todos sabiam que momentos como este não são brincadeira.

Uvas do Tamanho de Dedos

Há exatamente quatorze anos me mudei para Curitiba. Anos depois que minha família me deixou sozinho pela primeira vez, descobri que assim que dobraram a esquina para voltar para casa, todos caíram no choro. Fico estranhamente feliz ao recordar esse fato. Não gosto de ver ninguém chorar, mas saber que eu faria alguma falta me deixou contente. E como na prática não cheguei a ver ninguém chorando, fica tudo certo. Assim é a minha família.

Para quem assistiu ao filme "Casamento Grego", é só imaginar uma família parecida, mas com homens de nariz maior e que, ao invés de restaurantes, são donos de lojas de armarinhos, camisas, cuecas e roupas femininas. Todo o resto do pacote é igual. Por exemplo, para meus pais, tios, avós e até alguns primos (que não necessariamente são primos de verdade), todas as palavras descendem do Árabe. Por exemplo, televisão não é a união óbvia das palavras tele (grega, significando "longe") e visione (latina, significando "ato de ver"), e sim uma palavra quase homófona da expressão árabe tel-ehv-ishram, que nem Alá sabe o que significa. Falando em Alá, toda a minha família é católica, o que significa que ninguém usa a burca, e ao contrário do que meus avós talvez preferissem, pude casar sem maiores problemas com uma italianinha linda.

Foi interessante ser criado em uma família árabe. Esta história de que todo mundo é primo é a mais pura verdade. E todo mundo é tio também. Como meus pais sempre foram amigos dos meus sogros, muito antes de conhecer minha esposa eu já os chamava de tio e tia. Quando comecei a namorar foi um rolo, não sabia como chamá-los. Por sorte meu sogro é médico, e passei a chamá-lo de doutor. Minha sogra eu chamo de sogra. É justo, não é?

Outra característica interessante de uma família árabe é que sempre que estamos em alguma refeição, o assunto é sempre a próxima. Almoça-se planejando a janta. Janta-se planejando o café da manhã e assim por diante. Fica até engraçado.

- Mãe, o que vamos ter na janta?
- Arroz com lentilha.
- Hummm, que delícia, adoro lentilha. Passa o quibe?
- Que quibe? O quibe foi ontem!

Parece uma refeição constante, apenas com alguns intervalos sem comida. Aliás, exagero também é parte da cultura. E claro, mais uma herança que carrego. As histórias da família sempre envolvem uvas do tamanho de dedos, brigas com mais de 100 pessoas, as mulheres mais lindas do mundo, e assim por diante. É assim que funciona. Pergunte para qualquer um da família, desta vez não exagerei. Só desta vez.

Amiga Com um Plus a Mais Adicional

Quando vejo minha esposa se transformando em mil para cuidar do nosso pequeno e percebo o prazer que ela sente ao fazê-lo, mesmo quando não sente mais as pernas e os braços, não sabe mais que dia da semana é e, às vezes esquece meu nome, não consigo evitar de imaginar minha mãe cuidando de três pequenos ao mesmo tempo. Nos últimos dias tenho feito um enorme esforço mental para lembrar da minha "velha" naquela época, mas minha memória não tem ajudado muito.

Toda vez que tento, consigo lembrar apenas da amiga ao invés da mãe. Lembro da amiga que me deu uma força enorme nos dias do vestibular para engenharia. Lembro da amiga e companheira de viagem, quando saí do país pela primeira vez, entrei num avião pela primeira vez e nos apavoramos juntos em uma aterrissagem acrobática em Nice pela primeira (e se Deus quiser última) vez. Da amiga que com muito tato me convenceu a telefonar para a garota pela qual nutri um amor platônico de quase um ano, e que acabou assim que desliguei o telefone. E que acompanha cada conquista minha e também cada percalço que encontro, com seu interesse genuíno, low profile e confortante. Enfim, uma verdadeira amiga, cuja principal característica é a transparência. É praticamente impossível vê-la fingindo que gosta de alguém de quem não goste de verdade, ou vê-la tentando esvaziar um problema que todos sabem que está lá. Em um mundo onde tentamos ser quem não somos, ter uma amiga como esta é um baita privilégio.

Se ainda por cima ela é sua mãe e faz um bacalhau com ovos, batatas e azeitonas pretas de lamber os beiços, daí meu amigo, não há competição. Lamento muito.

O Primeiro Cacho de Bananas

Seguindo os passos dos irmãos, quando tinha dezenove anos resolveu viver no Brasil. Desembarcou em Santos, no início do século passado, com poucas libras no bolso, ainda menos palavras em português no vocabulário, e uma vontade enorme de vencer na vida. Sua primeira aquisição, assim que desembarcou do navio, foi um cacho de bananas, que na Síria era artigo de luxo, e aqui estava a preço de tâmaras. É claro que depois de várias horas de trem, quando chegou ao seu destino no interior do Paraná, as bananas estavam podres. Sua tristeza durou pouco quando descobriu que lá o preço era o mesmo.

Apesar do sangue de mascate, veio de Homs como ourives, e ainda não sabia muito bem o que faria por estas paragens. Só tinha com ele algumas peças que havia confeccionado para trazer de presente e algumas receitas culinárias para quando a saudade apertasse. Encontrou seus irmãos assim que chegou na cidade. Já eram três da tarde, e todos ainda estavam sentados em volta da mesa, comendo Halawet al-jibn de sobremesa, depois de terem saboreado um belo prato de Beiten jan mehshi, as deliciosas berinjelas recheadas, ambos pratos dos mais famosos de Homs. Por enquanto não tinha dado uma bola dentro, tanto as bananas quanto as receitas eram dispensáveis. Já as haviam trazido.

Logo foi apresentado a vários sírios e libaneses, de cidades como Damasco, Allepo, Beirute, entre outras, que também vieram tentar a sorte longe de casa. Logo também começou a vislumbrar a possibilidade de fazer algum dinheiro. Ao invés de presentear os parentes, vendeu as peças que trouxe na bagagem e com o pouco dinheiro que conseguiu comprou uma carroça e artigos de costura. Com a ajuda dos amigos árabes que começava a fazer, saiu vendendo de porta em porta, em sua nova cidade e em outras vizinhas, vendendo. Logo conseguiu juntar algum dinheiro, que usou para comprar mais mercadorias, e ganhar mais dinheiro. Com os anos, associou-se aos irmãos, trocou a carroça por uma Rural, comprou terrenos e abriu uma loja. O negócio de artigos de costura foi apenas uma alavanca para a compra de cada vez mais terrenos, que depois viraram prédios e lojas, e assim construiu sua fortuna.

No meio desta história toda, teve a sorte de construir outra, a de sua família. Casou-se com uma moça da comunidade árabe, a qual amou desde o primeiro olhar. Quem os conhece hoje, setenta anos depois, afirma que o amor só aumentou desde então. Dedica à sua amada uma devoção de fazer inveja às moças dos dias de hoje. Tiveram um filho e três filhas, todos com uma veia artística que só pode ser herança de seus tempos de ourives. Encara a vida como se nunca fosse nos deixar, com uma vontade enorme de continuar crescendo, comprando, criando e negociando, como no dia em que comprou seu primeiro cacho de bananas.

Um livro nasce da vontade ou da necessidade. Uvas do Tamanho de Dedos e Outras Histórias nasceu das duas.

Da necessidade do autor em contar histórias, imaginadas, vividas, observadas e as que explicam as outras, surgiu a vontade de publicá-las em um blog.

Da vontade de que mais pessoas pudessem compartilhar essas **histórias**, além da fiel dezena de leitores internautas, surgiu a necessidade de publicá-las em um livro.

Da necessidade de ajudar um hospital que cuida tão bem de tanta gente, surgiu a vontade de pessoas e empresas em colaborar para que este livro virasse realidade.

Se ler boas histórias é uma necessidade, agora ninguém vai passar vontade.

Ao ter adquirido este livro, você está colaborando com o Hospital Erasto Gaertner.

Instituição Beneficiada

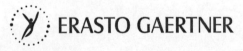

Apoio Institucional